译文经典

欲望号街车

A Streetcar Named Desire

Tennessee Williams

〔美〕田纳西·威廉斯 著

冯 涛 译

上海译文出版社

目 录

导言

阿瑟·米勒

关于《街车》

记忆在经过将近六十年的淘洗以后已经很不可靠了，不过却总有那么一些事件、面孔、聚首和离别牢牢扎根在脑海中，永不褪色。我第一次观看《欲望号街车》就属永不褪色的记忆之一。当时这出戏还没在纽约公演，导演伊利亚·卡赞打电话邀我前往纽黑文的舒伯特剧院去看戏。大约一年前卡赞刚指导了我的剧作《我所有的儿子》，我们已经成为很好的朋友。他有个习惯，执导一部新戏的时候，他会在这出戏公演前，在剧评家们开始挑眼之前搜罗几乎所有人的反馈，因为他相信至关重要的点子有时候会从最不可思议的地方冒出来。

我知道田纳西纯属偶然。大约十年前我得了个吉尔德剧院的新剧奖，奖金 1 250 美元，在那个大萧条的年月里也算是一小笔财富了。这个奖专门为全国的大学生设立，据我所知是唯一一个由一家百老汇剧院——吉尔德——为鼓励曼哈顿以外的剧作家而设的奖项。吉尔德剧院成立于几年前，其缘起相当不同凡响，剧院的领导层曾参与过普罗文斯顿剧场的戏剧活动，而这家剧场正是奥尼尔最初几部剧作的出品人，剧场的几位领导人仍怀抱重返剧场艺术的远大抱负，不想继续葬身于纯粹的商业演出中。为了这一抱负，身为吉尔德成员的李·斯特拉斯伯格、哈罗德·克劳曼和谢里尔·克劳福德独立出来，成立了同仁剧院，此剧院在 1939 年为威廉斯的三个独幕剧奖励了他 100 美元。他们奖金委员会的头儿正是卡赞的妻子：莫莉·戴·萨奇。

说这么多无非是为了表示我知道威廉斯为了能登上百老汇的舞台，经过了多么漫长的奋斗，正跟我的情形是如出一辙。在当时这可是唯一的舞台，外百老汇的剧院还没出世呢。早在大约一年前，《玻璃动物园》就曾令我激动难安，在我看来，它描写的是“脆弱”的大获全胜，跟标准的百老汇口味可说是背道而驰。看这出戏的感觉就像是在废品站里意外邂逅了一朵鲜花。我想这出戏在当时最惹人注目的是，你知道它的台词是精心创作出来的，绝对不是你在某人家的厨房里就能不经意间听到的；它的台词流畅自然，完全合乎语言习惯，可同时又充满节奏感。我在别处也提到过，写戏在当时是被认为跟工程学相近似的一种玩意儿，结构和它要解决的问题才是第一位的，所有有关艺术的考虑只能靠边站。而《动物园》却似乎毫无结构，或充其量只具有抒情诗式的结构，如果说结构和抒情诗并非水火不容的话。整部戏都是在倾诉衷肠。别忘了，当时大家还在怀疑契诃夫的剧作并非真正的戏呢，因为在他的戏里“什么都没发生”。当然这只不过是个强调什么的问题；百老汇的戏强调的是情节，而威廉斯则头一次将语言和角色推到前台，至少在美国这是开天辟地头一遭。

我至今还记得第一次观看《街车》演出时我坐的位置——第七或是第八排中间偏右。只看了短短几分钟，我就认识到这出戏、这个制作已经向另一个戏剧世界敞开了大门。这并非源自这出戏结构上的创新，因为它采用了切实的、现实主义的故事讲述方式；毋宁说，是戏的写法本身让你感到兴奋，感觉受到了提升。或许除了两个特例——克利福德·奥德茨和马克斯韦尔·安德森——之外，戏剧的写法都是无甚差别的，也许这也是有意为之。（另一种例外就是泛滥成灾，以俏皮话和粗野的惯用语确实能博人一笑的喜剧和闹剧了。）安德森逃避到他所理解的伊丽莎白诗体当中，尽管他这一风格之下的好几部戏曾风靡一时，他毕竟也因此而受制多多。尽管他的戏并未在戏剧文化中扎下根来，或许是因为它们本质上过于拘泥于形式，它们的语言过分雕琢而非发自内心，而且跟美国话基本上没什么关系，但这毕竟是他力图摆脱百老汇戏剧僵死风格的努力，值得尊重。奥德茨又自不同，他公然发动了一场诗化美国戏剧创作的战役，以此创造出一种富有节奏感的抒情风格，的确称得上是怪异多姿，只此一家、别无分店。他这种风格本来可以传诸久远的，而且马上就有了一批追随者。以我的私见，他这种风格之所以很快就丧失了影响力，可能恰恰是因为它在听觉上造成的怪异、独创，甚至非他莫属的效果。“我要出去买个八缸三明治”第一次听来确实让人耳目一新，不过也许是因为过于雕琢，反正这种说法可经不起重复。尽管如此，奥德茨毕竟一度点亮了戏剧舞台，而且如果交到一位天才导演和一群天才演员手里，他没准儿还能再度把舞台点亮，还真说不准。

第一次听到《街车》的台词——在那次首演当中你绝对能听清这出戏的每一个字，这跟以后多年来的其他演出又自不同——给你的印象是那既非俏皮话，也不是“诗”，而是从灵魂中流淌出来的语言。一位作家的灵魂，一个独一无二的声音几乎是奇迹般笼罩住了整个舞台。而不同凡响的是，每个角色的话语同时又神奇地像是只属于他自己，他们都像是在自由地揭示出他们相互矛盾的自我，而非被套上笼头，只为了满足讲述故事的需要。而与此同时，故事又无情地稳步向前发展，通过卡赞的手和绝对堪称豪华的演员阵容最终塑造成型。事实上，这一制作正是业已湮没不存的同仁剧院十年如一日深入研究斯坦尼斯拉夫斯基表演方法，结出的最丰硕的成果；它虽是一种现实主义的形式，却因其挖掘的深入，结果呈现为一种程式化的面貌。威廉斯的对话既多姿多彩又充满想象，从来不会使故事从我们眼前消失，而是持续不断地推动它向前发展。

简而言之，这出戏让我们觉得戏剧舞台可以用来表现世间万物，而且都可以表现得美轮美奂。《街车》的首演就等于是在商业戏剧的土地上插上了一面美的旗帜。我相信，观众也都理解到了这一点，并因为事实上是对他们的才智和精神活力的这种致敬而感动不已。因为威廉斯的这出戏比他不论是此前还是以后的其他作品都更接近悲剧，它阴暗的结局没有得到丝毫的缓解。

这次演出中跟威廉斯一道大放异彩的当然就是白兰度了，他简直就是一头出笼的老虎，一个两性关系上的恐怖分子。在此之前谁都没见过像他这样的角色，因为这样的自由度此前在舞台上根本就没有存在过。他大声地吼出了威廉斯对性之恐怖的宣扬，吼出了性爱那丑陋的真相及其无情的裁判，而且是带着一种横扫一切的权威吼出来的。白兰度是个残忍的畜牲，可他却体现了真理。

这出戏本身就是不容贬损的杰作，而这场演出则完全变成了这出戏，演出和戏剧本身已经融为一体，再也无法区分，演员们已经将自身完全抛在脑后，活活变成了戏里的角色，这样的演出我只看到过极少的几次。隔着半个多世纪，我仍清楚地记得布兰琪说出“陌生人的慈悲”时，整个观众席迸发出的一片唏嘘。当她被医生搀扶着下场时，每个人也都跟着她去了。至少在我看来，这种对角色的认同，这种感同身受，完全突破了流行一时的老生常谈：所谓具有文学品质的百老汇戏剧注定通不过纽约观众平庸的口味，据说他们只肯要直白的街头俗语和一听就懂的大白话。（这出戏一时成为街谈巷议的话题，结果这家纽黑文的剧院里挤满了事事都要独领风骚的纽约客。）乔治·考夫曼曾有言道，“周六的晚上甭想上演讽刺戏剧。”诗意戏剧自然也难逃一劫，这都是沉溺于那种单调的写实主义造成的恶果。威廉斯的台词听起来虽令人愉快，不过却是一派南方风味，而且充满了一种文雅的敏感，虽说乍听之下会觉得有点怪，观众们仍满怀热情地为之而感激不已。

最后，还有个问题，就是当时——四十年代晚期——的戏剧界是否当真弥散着一种无以名状的预言性质的气氛，抑或纯粹只是我们的想象；虽说大家都极少真正提起任何类似的禀赋或者说负担，可是在有些人的心目中，戏剧这种形式确实拥有这么一种类似命中注定的、阐释社会命运的潜能。对那些经典的名著而言这当然成立，即便不是它们的职责和中心所在，至少也是这些名著无可辩驳的副产品。《街车》在它应运而生的时刻呼应了对美国社会当中畸零人命运的关注，并提出了公正公平的问题。不过它是由内而外自然产生的。事实上，威廉斯老早就写过明显带有左派色彩的所谓社会意识戏剧，受到伤害的个人对抗残忍无情的社会不公。（他先前未曾上演过的一出监狱戏《非关夜莺》于 1999 年由科林·雷德格拉夫搬上了百老汇舞台，非常强悍的一次演出。）《街车》将个人及其内心的生活置于中心位置，社会状况则被符号化了——在类似《玻璃动物园》这样的剧作中表现得更加隐晦——比如斯坦利·科瓦尔斯基和《玻璃动物园》中那位弃家出走的父亲。作为诗人的威廉斯其实并不像很多人臆想得那般毫不关涉政治，在《街车》赢得的一片赞扬声中，对其社会真实的赞美与对其个人化诗学的欣赏事实上是并存不悖的。而由卡赞来执导这出戏的演出实在也是这出戏和剧作家本人的大幸，卡赞深刻地了解纽约观众，他既能完整无缺地保持这出戏跟大家熟悉的现实主义传统的关系，又能充分地发挥出其独特的戏剧语言。卡赞对象征主义或是抽象概念绝少耐心，他曾坦陈他不会想到去导莎士比亚或是其他的经典，十年后他也确实执导了一次失败的演出《换子疑云》，其最大的失误之处可以说就在于试图使戏中的抒情性屈从于一种街头式的现实主义。然而，在《街车》当中，真实与抒情则完美地糅合为一体，水乳交融，创造出一种协调一致的全新的声音。

坦率地讲，半个世纪之后这出戏的演出却都难遂人意。我看过的两次大受吹捧的演出，都败在未能真正领会其戏剧语言，反而追求一种袒胸露背式的自由主义，这种自然主义只适合于电视剧，并不适合于舞台和这出戏，这出戏的基础就在于开开心心、口齿清楚地把台词讲清楚。在其中一次演出中，你几乎都听不到那位饰演布兰琪·杜布瓦的著名影星到底在讲什么，而另一次，那位斯坦利不过是在有意识地跟白兰度唱反调。成功如《街车》这样的名剧，结果恐怕都难逃一蟹不如一蟹的宿命，反讽的是，画虎不成反类犬的原因恰恰在于这些名剧正是各戏剧学校和表演班上被反复分析和深入探讨的经典之作。剧中的角色已经变成了石头，他们的眼睛也成了大理石。《街车》就是一声痛苦的嘶喊；忘记了这一点也就等于忘了这整出戏。

2004 年 1 月

演职员表

《欲望号街车》于 1947 年 12 月 3 日上演于纽约的巴里莫尔剧院。监制：艾琳 · 塞尔兹尼克，导演：伊利亚 · 卡赞，演员表如下：

黑种女人	吉 · 吉 · 詹姆斯
尤妮斯 · 哈贝尔	佩格 · 希利亚斯
斯坦利 · 科瓦尔斯基	马龙 · 白兰度
斯黛拉 · 科瓦尔斯基	金 · 亨特
斯蒂夫 · 哈贝尔	鲁迪 · 邦德
哈罗德 · 米切尔（米奇）	卡尔 · 马尔登
墨西哥女人	埃德娜 · 托马斯
布兰琪 · 杜布瓦	杰西卡 · 坦迪
巴勃罗 · 冈萨雷斯	尼克 · 丹尼斯
年轻收款员	维托 · 克里斯蒂
护士	安 · 德尔
医生	理查德 · 加里克

制景和灯光：乔 · 梅尔兹内尔，服装：露辛达 · 巴拉德。剧情发生在新奥尔良的春、夏和初秋。第四幕和第

六幕其后有幕间休息。

监制助理	欧文·施奈德
音乐指导	莱曼·恩格尔

欲望号街车

所以进入这个破碎世界的是我
为了追寻爱情相伴的幻影，它的声音
在风中一闪即逝（我不知它要去往何处）
短促得来不及抓住每次的抉择。

——哈特·克莱恩，《断塔》①

① 克莱恩（Harold Hart Crane，1899—1932），美国诗人，作品深受T·S·艾略特诗作的启发和刺激，他的诗作形式传统，语言艰深且守旧，力图在艾略特“冷嘲的绝望”之外而别有创新。他的诗作虽因为艰深至难以理解而常遭诟病，结果却成为他那个时代最有影响的英语诗人。近来有很多诗评家认为克莱恩的晦涩部分源自他的同性恋倾向和诗作中隐含的同性恋情感；《断塔》是他最著名的诗篇之一，也被认为是他晦涩地表达同性恋情感的典型作品。

第一场

新奥尔良一幢两层街角楼房的外景，街名埃里西安地段，位于L和N两条铁路与河流之间。这部分虽属穷人区，却不像美国其他城市的穷人区那么惨淡，自有一种俗艳魅力。房屋的构架大都是白色，日晒雨淋成了一色的灰，大都带有摇摇晃晃的外部楼梯、走廊和装饰古雅的山墙。这幢街角楼房分成上下两套房间，有道褪色的白漆楼梯通两户人家的门口。

五月初一个刚要傍黑的傍晚。衬在暗白色楼房背后的天空呈现出一种格外温柔的嫩蓝，简直就像是一块绿松石，这给周围的景色注入了一抹抒情的优雅意味，冲淡了那一派破败感。你几乎能感觉到河边仓库后面褐色的河流那温暖的呼吸，仓库则散发出淡淡的香蕉和咖啡香。街角酒吧里黑人乐队奏出的音乐也唤起类似的况味。在新奥尔良的这个部分，你总能听到街角或是几道门之外的哪个房间里传出声音尖细的钢琴声，由熟极而流的棕色手指如醉如痴地弹奏出来。这种“布鲁斯钢琴曲”传达出来的正是此时此地的生活精髓。

两个女人，一个白人一个黑人，正在楼梯上乘凉。白种女人是尤妮斯，住楼上的单元；黑种女人是个邻居，新奥尔良因为是个五方杂处的城市，旧城区里混居的各人种之间相处得还算融洽。

“布鲁斯钢琴曲”以外，可以听到街上传来的混杂的人声。

（两个男人转过街角，是斯坦利·科瓦尔斯基和米奇。两人约二十八或三十岁的样子，大大咧咧地穿着一身蓝色工作服。斯坦利拿着他的保龄球外套和肉铺里买来的沾着血的一包肉。两人在楼梯口停步。）

斯坦利（大声吼道）：

嘿，喂！斯黛拉，宝贝儿！

（斯黛拉从一楼平台上出来，一个温柔的年轻女人，约二十五的样子，出身背景显然跟她丈夫大不相同。）

斯黛拉（柔声道）：

别冲我哇啦哇啦这么大叫。嗨，米奇。

斯坦利：

接着！

斯黛拉：

什么呀？

斯坦利：

肉呗！

（他把那包肉朝她扔过去。她大声抗议，不过总算是接到了：随即上气不接下气地大笑起来。她丈夫和同伴已经调头往回走去。）

斯黛拉（从后面叫他）：

斯坦利！你要干吗去？

斯坦利：

打保龄球去！

斯黛拉：

我能过去看看吗？

斯坦利：

来吧。（他下场。）

斯黛拉：

马上就好。（对那个白种女人）哈罗，尤妮斯。你好吗？

尤妮斯：

还行。告诉斯蒂夫给他自己买个穷小子的三明治吧，因为家里啥都不剩了。

（三个女人都哈哈大笑；那黑种女人尤其笑个没完。斯黛拉下场。）

黑种女人：

他朝她扔过去的是包什么东西啊？（她从台阶上站起来，笑得更响了。）

尤妮斯：

别这么大呼小叫的！

黑种女人：

接住什么玩意儿！

（她仍旧笑个不停。布兰琪转过街角，拎着个手提箱。她看看手里的纸条，然后看看这幢楼房，再看看纸条，再看看楼房。一脸难以置信的震惊。她的外表跟这里的场景格格不入。她穿一身讲究的白色裙装，外罩一件轻软的紧身马甲，戴着珍珠项链和耳环，还有白色手套和帽子，看起来像是到新奥尔良的花园区来参加一次夏日茶会或是鸡尾酒会。她比斯黛拉大五岁左右。她这种纤弱的美一定得避开强光照射。她那种迟疑的举止，还有她那一身白色衣裙，多少让人觉得像是只飞蛾。）

尤妮斯（忍不住道）：

出什么事了，亲爱的？你迷路了？

布兰琪（略带点歇斯底里的幽默）：

他们跟我说先乘欲望号街车，然后换乘公墓号，过六个街区以后下车，就是埃里西安地段！

尤妮斯：

你已经到了。

布兰琪：

这就是埃里西安地段？

尤妮斯：

这正是埃里西安地段。

布兰琪：

他们一定是没——弄明白——我要找的门牌号……

尤妮斯：

你要找的是哪个门牌号？

（布兰琪精疲力竭地看了看手里的纸条。）

布兰琪：

六三二。

尤妮斯：

你用不着再找了。

布兰琪（不解地）：

我要找的是我妹妹，斯黛拉·杜布瓦。我是说——斯坦利·科瓦尔斯基太太。

尤妮斯：

正是这家人家。——不巧，你刚好跟她擦肩而过。

布兰琪：

这——难道这就是——她家？

尤妮斯：

她住楼下，我住楼上。

布兰琪：

哦。她——出去了？

尤妮斯：

你有没有注意到街角那边有个保龄球场？

布兰琪：

我——不能肯定。

尤妮斯：

呶，她就在那儿，看她丈夫打保龄球呢。（沉吟片刻）你想把手提箱搁在这儿去找她吗？

布兰琪：

不。

黑种女人：

我去告诉她你来了。

布兰琪：

谢谢。

黑种女人：

没事儿。（她下场。）

尤妮斯：

她不知道你要来？

布兰琪：

不。不知道我今晚会来。

尤妮斯：

哎，你干吗不先进屋歇着，等他们回来。

布兰琪：

我怎么能——这么做？

尤妮斯：

这是咱们的地方，我就能让你进去。

（她起身把楼下的门打开。窗帘后面亮起一盏灯，将窗帘映成了亮蓝色。布兰琪跟在她后面慢慢走进楼下的单元。房内的灯光亮起后周围的区域慢慢暗了下去。）

（可以看到两个房间，没有明确的隔断。首先进入的原本是个厨房，不过放了张给布兰琪用的折叠床。里屋是间卧室。最里面有道窄门通浴室。）

尤妮斯（注意到布兰琪的神色，卫护性地说）：

眼下是挺乱的，不过打扫干净以后真的很舒服呢。

布兰琪：

是吗？

尤妮斯：

啊哈，我是这么觉得。这么说你是斯黛拉的姐姐？

布兰琪：

是啊。（想把她打发走）谢谢你让我进来。

尤妮斯：

Por nada[①]，墨西哥人的说法，por nada！听斯黛拉说起过你。

布兰琪：

是吗？

尤妮斯：

记得她说你在学校教书。

布兰琪：

是。

尤妮斯：

你是从密西西比来的，啊？

---

① 西班牙语：没什么。

布兰琪：

是。

尤妮斯：

她给我看过你们家的一张相片，你们的庄园。

布兰琪：

贝拉里夫[1]？

尤妮斯：

好大一片地方，都是白柱子。

布兰琪：

是啊……

尤妮斯：

这么大的地方维持起来一定着实不容易。

布兰琪：

如果你不介意，我想歇会儿了。

尤妮斯：

当然了，亲爱的。你干吗不坐下来？

布兰琪：

我的意思是我想单独待会儿。

尤妮斯（有些着恼）：

噢。既然如此，我就告退了。

布兰琪：

我不是有意冒犯，不过——

---

① Belle Reve，法文的原意是“美梦”。

尤妮斯：

我去趟保龄球场催她快点回来。（出门下。）

（布兰琪姿态非常僵硬地在一把椅子上坐下，微微耸着肩膀，两条腿紧贴在一起，双手紧紧抓住皮包，像是觉得很冷。过了一会儿，她眼中茫然的神色消失了，她开始慢慢打量起四周。一只猫尖叫了一声。她一惊之下，屏住呼吸。突然，她注意到一个半开的壁橱里有样什么东西。她一跃而起走到橱前，拿出一瓶威士忌。她倒了半平底杯威士忌，一口喝下。她仔细地把酒瓶放回去，在水槽里把平底杯洗干净。然后重新在餐桌前的椅子上坐好。）

布兰琪（轻声自言自语）：

我一定得把持住自己！

（斯黛拉飞快地绕过楼房的拐角，朝楼下单元的门跑去。）

斯黛拉（开心地大叫）：

布兰琪！

（一度她们俩只顾打量对方。然后布兰琪一跃而起，大喊一声朝她跑去。）

布兰琪：

斯黛拉，哦，斯黛拉，斯黛拉！我的明星斯黛拉！

（她开始亢奋已极地说个没完，仿佛生怕她们俩当中有谁得空停下来想一想。两人痉挛一样紧紧拥抱对方。）

布兰琪：

好了，现在让我来看看你。不过先别看我，斯黛拉，别，别，别，过一会儿，等我洗个澡休息一下再看！还有，把顶灯关掉！把它关掉！我可不能在这么残忍无情的强光下面让人看！（斯黛拉笑笑，照办）快回到我身边来！哦，我的宝贝儿！斯黛拉！我的明星斯黛拉！（再次拥抱她）我还以为你再也不回这个可怕的地方来了！我在说什么呢？这可不是我的本意。我本意可不想挑剔，我想说——哦，真是个方便的地方，而且多么——哈—哈！宝贝小羊羔！你还没跟我说一个字呢。

斯黛拉：

你哪容我插上半句嘴啊，亲爱的！（她一笑，不过瞧布兰琪的目光中有点焦虑。）

布兰琪：

好了，你说吧。张开你那张漂亮的小嘴跟我说说，我得找点东西喝！我知道你这儿肯定存着些喝的！可藏哪儿了呢？哦，我来找找看！

（她奔向壁橱把酒瓶拿出来；她全身哆嗦着，大口喘着气想笑一下。酒瓶子差点儿从她手里滑落。）

斯黛拉（看在眼里）：

布兰琪，你坐好，我来给你倒。就是不知道该拿什么来兑一下。要么就用冰箱里的可乐吧。我找找看，亲爱的，我去一下——

布兰琪：

不要可乐，亲爱的，今儿晚上我神经这么紧张，可乐可不成！那个——谁——谁——在哪儿呢？

斯黛拉：

斯坦利？打保龄球呢！他可爱这个了。他们正在搞一场——找到了点苏打水！——联赛……

布兰琪：

水就行，宝贝儿，完了喝杯水就行！不用担心，你姐姐不会变成个酒鬼的，她只不过浑身哆嗦，又热又累又脏！你现在坐下来，给我讲讲这个地方！你窝在这么个地方干什么？

斯黛拉：

我说，布兰琪——

布兰琪：

哦，我可不想假模假式，我是真心实意地要挑剔一下这里！哪怕在最可怕的噩梦里我也从来，从来都想象不到——只有坡！只有埃德加·爱伦·坡先生——才喜欢这个调调！我想房子外头就是食尸鬼经常出没的韦尔森林[1]吧！（大笑。）

---

① “食尸鬼经常出没的韦尔森林”典出爱伦·坡的诗作《尤娜路姆》（*Ulalume*）第一节。

斯黛拉：

不，亲爱的，那不过是L和N两条铁路罢了。

布兰琪：

不，咱们说正经的，把那些玩笑撇开。你干吗不告诉我，为什么不写信给我，亲爱的，为什么不让我知道？

斯黛拉（小心翼翼也给自己倒了杯酒）：

告诉你什么，布兰琪？

布兰琪：

告诉我你怎么沦落到在这种环境下生活！

斯黛拉：

你是不是有点反应过激了？这里根本就没那么糟！新奥尔良跟别的城市不一样。

布兰琪：

这跟新奥尔良无关。你也许还可以说——原谅我，神圣的宝贝儿！（她突然停住话头）咱们不谈这个了！

斯黛拉（有点干巴巴地）：

多谢了。

（在这个间隙，布兰琪注视着她。她朝布兰琪微微一笑。）

布兰琪（低头看着酒杯，酒杯在她手里哆嗦着）：

你是我在这个世界上的一切，可你并不高兴看到我！

斯黛拉（真诚地）：

干吗要这么说，布兰琪，你知道这不是事实。

布兰琪：

不是？——我都忘了你是多么文静了。

斯黛拉：

你从来不给我多话的机会，布兰琪。所以我也就习惯了在你旁边不要多嘴了。

布兰琪（含糊地）：

这个习惯不错……（然后突然）你还没问我怎么春季学期还没完就离开学校了呢。

斯黛拉：

噢，我以为你会主动告诉我呢——如果你想说的话。

布兰琪：

你以为我被解雇了？

斯黛拉：

不，我——以为你可能已经——辞职……

布兰琪：

我真是精疲力竭了，经历过——神经崩溃了。（神经质地把香烟的烟丝敲紧）我简直就要——发疯了，几几乎！所以格雷夫斯先生——格雷夫斯先生是我们中学的校长——他建议我休个假。在电报里我没办法把这些详情都写上……（飞快地喝酒）哦，这点醺醺然的酒劲儿觉着可真舒服！

斯黛拉：

再来一杯？

布兰琪：

不了，我最多就一杯。

斯黛拉：

当真？

布兰琪：

你还没对我的外貌发表过意见呢。

斯黛拉：

你看起来好极了。

布兰琪：

上帝就喜欢你这个撒谎精！如今我在太阳底下真正是一塌糊涂了！可是你——你胖了点儿，是的，你圆滚滚的活像只小鹌鹑！不过这对你正合适！

斯黛拉：

听我说，布兰琪——

布兰琪：

是的，正是如此，否则我就不会这么说了！你只需当心点儿屁股就行。站起来。

斯黛拉：

下次再说吧。

布兰琪：

听到没有？我说你给我站起来！（斯黛拉勉强服从）你这个邋遢孩子，那么漂亮的白色衣领上竟然溅上了脏东西！还有你的头发——你该去剪个羽毛状的短发，这才配你娇美的容颜。斯黛拉，你有女仆的，对不对？

斯黛拉：

没有。就这么两个房间，哪里——

布兰琪：

什么？你说就两个房间？

斯黛拉：

这间，再加——（她有些难堪。）

布兰琪：

另外那间？（她刺耳地一笑。有段难堪的沉默。）

我再来那么一小口，说起来就该把塞子塞上了……然后把酒瓶子拿走，我就不会再受到诱惑了。（起身）我想让你看看我的身材！（转身）你可知道我十年以来没长胖一盎司，斯黛拉？我现在的体重就跟你离开贝拉里夫那年夏天一模一样。那年夏天爸爸去世，你离开了我们……

斯黛拉（有点不耐烦）：

真是不敢相信，布兰琪，你看起来气色有多好。

布兰琪：

（两人都笑得有些心神不宁）可是，斯黛拉，你这儿只有两个房间，我不明白你打算把我安放在哪儿！

斯黛拉：

我们打算让你睡在这儿。

布兰琪：

这是什么样的床——可以折叠的？

（她坐到床上试试。）

斯黛拉：

觉得还行吗?

布兰琪（怀疑地）：

好极了，亲爱的。我不喜欢弹性太大的床。可是这两个房间之间没有门，而斯坦利——这样得体吗?

斯黛拉：

斯坦利是波兰人，你知道。

布兰琪：

哦，是呀。他们有点像是爱尔兰人，是不是?

斯黛拉：

嗯——

布兰琪：

只是不那么——趣味高雅?（两人都再次心神不宁地笑了笑）我带了些好衣服来，好见见你们所有那些可爱的朋友。

斯黛拉：

我怕你不会觉得他们有多可爱。

布兰琪：

他们什么样?

斯黛拉：

都是斯坦利的朋友。

布兰琪：

波兰佬?

斯黛拉：

他们杂得很，布兰琪。

布兰琪：

所谓的种族混杂——各种类型？

斯黛拉：

哦，对。对，确实各种类型都有！

布兰琪：

噢——不管怎么说——我带了好衣服过来，我总归要穿的。我猜你希望我说我要去住旅馆，不过我不打算去住什么旅馆。我想靠你近一点，跟什么人一起生活，我不能孤单单一个人！因为——你一定也注意到了——我——状态不大好……（她话音低下去，现出非常害怕的神情。）

斯黛拉：

你看起来有点紧张，或者是过于亢奋了，也许是因为别的什么原因。

布兰琪：

斯坦利会喜欢我吗，还是只不过把我当作来做客的大姨姐，斯黛拉？这我可受不了。

斯黛拉：

你们会处得好的，只是你得尽量别——嗯——老拿他跟我们在老家时交往的那些男人比。

布兰琪：

他就这么——不一样吗？

斯黛拉：

是的。他属于另一个物种。

布兰琪：

怎么个不同法；他是什么样的？

斯黛拉：

哦，你没办法形容你爱的人的样子！这儿有他一张相片！（她把一张照片递给布兰琪。）

布兰琪：

他是个军官？

斯黛拉：

工程兵部队的军士长。身上挂的是些勋章！

布兰琪：

你认识他的时候他就挂着这些勋章？

斯黛拉：

我向你保证我可没被这些黄铜玩意儿迷了眼。

布兰琪：

我不是这个——

斯黛拉：

不过我后来当然也有需要调整我自己去迁就他的方面。

布兰琪：

比如他出身的种族背景！（斯黛拉犹疑地笑笑）你跟他说我要来的时候他是怎么个反应？

斯黛拉：

哦，斯坦利还不知道呢。

布兰琪（吓了一跳）：

你——还没告诉他？

斯黛拉：

他经常出门的。

布兰琪：

哦。旅行推销？

斯黛拉：

是的。

布兰琪：

不错。我是说——是不是？

斯黛拉（半是自言自语）：

他离开一个晚上我几乎都受不了……

布兰琪：

说什么呢，斯黛拉！

斯黛拉：

他要是离开一个星期我几乎都要发疯了！

布兰琪：

天哪！

斯黛拉：

等他回来我就趴在他大腿上哭得像个孩子……

（顾自微笑。）

布兰琪：

我猜这就是所谓的相爱吧……（斯黛拉满面放光地抬头微

笑。）斯黛拉——

斯黛拉：

什么？

布兰琪（不安地匆忙道）：

我还没问你你或许认为我该问的那些事儿。所以，我期待你也能谅解我不得不告诉你的事儿。

斯黛拉：

什么事儿，布兰琪？（神色变得焦虑起来。）

布兰琪：

咳，斯黛拉——你会责怪我的，我知道你肯定要责怪我的——可是在你责怪我之前——先替我想想——你一甩手就这么一走了事！留下来挣扎奋斗的是我！你跑到新奥尔良来只要照顾好自己就行！可我得待在贝拉里夫而且得拼了命硬撑下去！我这么说并不是想责怪谁，可是所有的担子全都压在了我的肩膀上。

斯黛拉：

当时我最多也不过能维持自己的生活而已，布兰琪。

（布兰琪又开始哆嗦得厉害。）

布兰琪：

我知道，我知道。可是抛弃贝拉里夫的人是你，不是我！我留下来为它挣扎奋斗，为它流血，差点儿为它牺牲了性命！

斯黛拉：

别再这么歇斯底里大发作了，告诉我到底发生了什么？

你说什么奋斗、流血的到底什么意思？到底是什么样的——

布兰琪：

我就知道你会这么着，斯黛拉。我就知道你会对此摆出这副嘴脸来！

斯黛拉：

对此——对什么？——请你说清楚好不好！

布兰琪（缓慢地）：

丢了——失去……

斯黛拉：

贝拉里夫？贝拉里夫失去了，是不是？不！

布兰琪：

是的，斯黛拉。

（两人隔着黄色格子漆布的桌面对望。布兰琪缓缓地点了点头，斯黛拉慢慢垂下目光，看着自己交叠在桌面上的双手。“布鲁斯钢琴曲”的声音渐响。布兰琪用手绢拭着额角。）

斯黛拉：

可它是怎么失去的？出了什么事？

布兰琪（一跃而起）：

你倒有脸来问我是怎么失去的！

斯黛拉：

布兰琪！

布兰琪：

你倒是有脸坐在这儿指责我！

斯黛拉：

布兰琪！

布兰琪：

我，我，是我在承受身心两方面的打击！所有那些个死亡！通往墓地的那长长的出殡队伍！父亲！母亲！玛格丽特，那可怕的样子！胀得那么大，都装不进棺材里！只能像是垃圾一样火化！你回家刚好赶上葬礼，斯黛拉。葬礼跟死亡相比可漂亮多了。葬礼都很安静，可死亡呢——可不一定。有时候他们的呼吸简直刺耳，有时候又咯咯直响，有时候他们甚至冲着你大喊，“别让我走！”连上了年纪的有时候也说，“别让我走。”就像你真有能耐留住他们似的！可葬礼都很安静，还有漂亮的鲜花。还有，哦，他们把他们装进了多么华丽的棺材！除非当他们大喊“留住我！”的时候你就在床前，否则你决不会想到还有挣扎着要喘气和流血这等事。你做梦都想不到，可这是我亲眼所见！亲眼！所见！而现在你竟然坐在这儿用你的眼神告诉我，是我把庄园给失去的！该死的，你以为所有那些病啊灾啊死啊埋的要花多少钱？死是桩很昂贵的买卖，斯黛拉小姐！而且杰茜老表姐竟然紧跟在玛格丽特后面也死了，她的死！咳，那个格里姆·里佩尔就把他的帐篷搭在了咱们家大门口！……斯黛拉。贝拉里夫都成了他的总部了！亲爱的——贝拉里夫就这么从我的手指缝里流走了！他们当中有谁给我们留下过一笔遗产？又有谁留下过一个子儿的保险费？只有可怜的杰茜——她留下了一百块棺材板儿钱。情况就是这样，斯黛拉！而我在学校里就那么点可怜的工资。是呀，指责我吧！坐在那里瞪着我，琢磨着是我把庄园给失去的！我把它给失去的？当时你又在哪儿？跟你的——波兰佬在床上！

斯黛拉（跳起来）：

布兰琪！你住嘴！够了！（往外走）

布兰琪：

你要去哪儿？

斯黛拉：

我要去浴室洗洗脸。

布兰琪：

哦，斯黛拉，斯黛拉，你哭了！

斯黛拉：

你觉得奇怪吗？

布兰琪：

原谅我——我不是有意要——

（传来几个男人的声音。斯黛拉走进浴室，把门关上。几个男人出现的时候，布兰琪意识到肯定是斯坦利回来了，她迟疑地从浴室门口走到梳妆台前，担心地朝前门的方向望着。斯坦利上场，后面跟着斯蒂夫和米奇。斯坦利在自家门前稍停了一会儿，斯蒂夫在螺旋楼梯口，米奇在他们右侧，更靠近后台一点，正要下场。几个男人上场的时候，我们听到以下几段对话。）

斯坦利：

他就是这么赢的？

斯蒂夫：

那还用说。他撞了大运，买了张彩票就赢了三百大洋。

米奇：

别跟他叨叨这些事儿了；他会信以为真的。

（米奇下场。）

斯坦利（叫住米奇）：

嘿，米奇——回来呀。

（布兰琪听到讲话声就退回了卧室。她从梳妆台上拿起斯坦利的照片，看了看又放下。斯坦利进门以后，她疾步躲到了床头挂的布帘后头。）

斯蒂夫（对斯坦利和米奇）：

嘿，咱们明天玩牌吗？

斯坦利：

当然了——在米奇家。

米奇（听到这话，赶紧回到楼梯扶手处）：

不——别在我家。我妈还病着呢！

斯坦利：

那好吧，来我家……（米奇再次准备下场）可你得带啤酒来！

（米奇假装没听见——喊了声“大伙儿晚安”，唱着歌下。）

尤妮斯（从楼上说）：

下面的快散了吧！我做了意大利面自己吃了。

斯蒂夫（上楼）：

我告诉过你，还打过电话跟你说我们在打球。（对另外两个男人）要杰克士啤酒！

尤妮斯：

你从来都没给我打过一次电话。

斯蒂夫：

吃早饭的时候我就告诉过你——吃中饭的时候又打电话给你……

尤妮斯：

好了，这话就甭提了。偶尔你也可以亲自回家一趟吧。

斯蒂夫：

你想把它登在报上？

（男人分手时更多的笑声和叫嚷。斯坦利把厨房的纱门打开，走了进来。他中等身材，大约五英尺八九英寸，身体强壮结实。他生命中那种动物的快乐在他所有的动作和态度中都表现出来。他刚一成年，他生命的中心就是跟女人在一起的乐趣，就是对这种乐趣的"予"与"取"，可他并不放任无度，沉溺其间，而是像母鸡群里一只羽毛丰满的公鸡那样满怀权威和骄傲。从这个让他心满意足的完整的中心生发开来，他的人生中还有一些辅助性的渠道，比如他对待哥们儿的热心，对粗俗笑话的欣赏，对美酒佳肴和体育比赛的热爱，他的汽车，他的收音机，他所有的一切，都带着他这种"有种男人"的俗艳色彩。他只要打眼一看就能估摸出眼前的女人属于哪种性爱类型，脑际里马上就能呈现出赤裸裸的形象，他马上也就能决定该对她们摆出哪一副笑脸。）

布兰琪（在他的注视下不由得向后退缩）：

你一定就是斯坦利。我是布兰琪。

斯坦利：

斯黛拉的姐姐？

布兰琪：

是。

斯坦利：

哈—罗。那小女人哪儿去了？

布兰琪：

在浴室里。

斯坦利：

哦。不知道你要来。

布兰琪：

我——呃——

斯坦利：

你从哪儿来，布兰琪？

布兰琪：

怎么，我——住在劳雷尔。

（他已经走到壁橱前，把威士忌酒瓶拿了出来。）

斯坦利：

在劳雷尔，啊？哦，是的。是，是在劳雷尔，没错。不在我的疆域之内。这大热天酒下得可真够快的。

（他把酒瓶子拿到亮处仔细察看下去了多少。）

来一杯？

布兰琪：

不，我——极少找酒喝。

斯坦利：

有些人极少找酒喝，不过酒却经常找上他们。

布兰琪（有气无力地）：

哈哈。

斯坦利：

我衣服都黏在身上了。我让自己舒服一下你不会介意吧？（开始脱掉衬衣。）

布兰琪：

请，请便。

斯坦利：

舒服是我的不二箴言。

布兰琪：

我也是。要保持容光焕发可真难。我还没洗洗，脸上连粉都没扑，还有——你自己瞧呀！

斯坦利：

你知道，穿着湿衣服坐着没事儿干是会着凉的，特别是你刚进行过剧烈运动，比如说刚打完保龄球。你是个老师，对不对？

布兰琪：

是呀。

斯坦利：

你教什么呢，布兰琪？

布兰琪：

英文。

斯坦利：

我英文一直都学不好。你要在这儿待多久，布兰琪？

布兰琪：

我——还不知道。

斯坦利：

你打算住这儿？

布兰琪：

要是不会给你们添麻烦的话，我想这么做。

斯坦利：

好呀。

布兰琪：

这一路上可把我给累坏了。

斯坦利：

哦，那就好好放松一下。

（窗口有只猫尖叫一声。布兰琪跳了起来。）

布兰琪：

这是什么？

斯坦利：

猫呗……嘿，斯黛拉！

斯黛拉（从浴室里含糊地）：

哎，斯坦利。

斯坦利：

你还不至于就累垮了吧，对不对？（他朝布兰琪咧嘴一笑。她强颜回了一笑。一阵沉默）恐怕我给你的印象是个大老粗吧。斯黛拉经常提起你。你结过一次婚，对不对？

（波尔卡舞曲声响起，远远地，很轻柔。）

布兰琪：

是。当时我还很年轻。

斯坦利：

后来呢？

布兰琪：

那小伙子——小伙子死了。（跌坐在椅子上）我怕是——是要病了！

（用双臂捂住头。）

第二场

第二天傍晚六点钟。布兰琪在沐浴。斯黛拉的妆即将化完。布兰琪的一件印花裙装摊在斯黛拉的床上。
斯坦利从外面走进厨房，就让门敞着，从街角传来永远都在演奏的“布鲁斯钢琴曲”。

斯坦利：
这只猴子这都是在干吗？

斯黛拉：
哦，斯坦！（她跳起来吻他，他摆出一副主人的架势接受她的吻）我要带布兰琪去加拉特瓦餐厅吃晚饭，然后再去看场戏，因为今儿晚上是你们的扑克之夜。

斯坦利：
那我的晚饭呢，啊？我可没打算去加拉特瓦吃什么晚饭！

斯黛拉：
我给你准备了个冷盘，冰镇着呢。

斯坦利：
嚯，真够不错的嘛！

斯黛拉：
我尽量带着布兰琪在外头消磨到你们的牌局散场，因为我不知道她对打牌是怎么看的。所以看完戏后我们想去逛逛咱们这儿的那些个小地方，你最好给我点钱。

斯坦利：

她现在在哪儿呢？

斯黛拉：

她在热水浴缸里泡着，镇定一下神经。她真是心烦意乱透了。

斯坦利：

烦什么？

斯黛拉：

她经历了这么一大场磨难。

斯坦利：

是吗？

斯黛拉：

斯坦，我们已经——失去了贝拉里夫！

斯坦利：

乡下的那块地方？

斯黛拉：

是的。

斯坦利：

怎么搞的？

斯黛拉（含含糊糊地）：

哦，是不得不——牺牲掉的。（稍停，斯坦利在琢磨。斯黛拉换衣服）她出来的时候你一定得对她的外貌说点好听的。还有，哦！别提小宝宝的事儿。我还一个字都没提呢，我想等她心态平和些以后再说。

斯坦利（不怀好意地）：

怎么着？

斯黛拉：

你得尽力去体谅她，对她好一点，斯坦。

布兰琪（在浴室里歌唱）：

“从那天蓝色的水乡，
他们擒获了一位姑娘！”

斯黛拉：

她没想到咱们竟然住在这么狭小的地方。你也知道，我在信里总是尽量往好里说。

斯坦利：

怎么着？

斯黛拉：

还要称赞一下她的衣裙，跟她说她漂亮极了。这对布兰琪来说很重要。她的小弱点！

斯坦利：

好吧。我明白了。现在咱们稍稍退回去一点，再说说把乡下那块地方处理掉的事儿。

斯黛拉：

哦！——行啊……

斯坦利：

怎么样？就这个话题咱们再谈得详细点儿。

斯黛拉：

这事儿最好还是别谈得太多，等她平静下来以后再说吧。

斯坦利：

这就是君子协定了，哈？布兰琪姐姐眼下可不能被这些事务性的琐事给烦到！

斯黛拉：

你也看到她昨晚的样子了。

斯坦利：

啊哈，我是看到了。现在让咱们看看销售契约吧。

斯黛拉：

我什么都没看到。

斯坦利：

她什么单据都没给你看，没有卖出之类的文契，啊？

斯黛拉：

好像并不是卖掉的。

斯坦利：

噢？那到底是他娘的怎么回事，是送掉了？做了慈善？

斯黛拉：

嘘！她会听到的。

斯坦利：

我才不管她听到听不到呢。我要看到单据！

斯黛拉：

根本就没有任何单据，她没给我看过任何一张单据，我也不关心什么单据不单据的。

斯坦利：

你有没有听说过拿破仑法典？

斯黛拉：

没听说，斯坦利，我没听说什么拿破仑法典，就算我听说过，我也不明白这跟——

斯坦利：

那我就来指点你个一二，宝贝儿。

斯黛拉：

什么呀？

斯坦利：

在路易斯安那州，我们施行拿破仑法典，照它的规定，凡是属于妻子的财产也都属于丈夫所有，反之亦然。如果说，如果我有块地产，或是你有块地产——

斯黛拉：

我头都给你搅晕了。

斯坦利：

那好吧。我就等她在热水浴缸里泡够了，再问问她是不是知道有这么个拿破仑法典。在我看来，你像是被忽悠了，宝贝儿，而根据拿破仑法典的规定，你被忽悠了，也就是我被忽悠了。我可绝不高兴被人家忽悠。

斯黛拉：

往后还不有的是时间来问她嘛，可你要是现在就问，她又要精神崩溃了。我也不明白贝拉里夫到底出了什么事儿，可你要是暗示说我姐姐或是我或者我们家随便哪个人，居然会故意去忽悠另外随便哪个人，你都不知道你自己该有多荒唐可笑。

斯坦利：

如果那块地方给卖了，那钱又在哪儿呢？

斯黛拉：

不是卖了——是丢了，丢了！

（他大踏步冲进卧室，她紧随其后。）

斯坦利！

（他把立在房中央的衣箱一把拉开，一把拽出一大抱衣服。）

斯坦利：

睁开眼睛看看这些东西！你以为她靠教书的薪水能买得起这些？

斯黛拉：

嘘！

斯坦利：

看看她跑到这里来把自己打扮得花枝招展的这些羽毛，这些皮草！这是什么？纯金的衣裙，我相信！还有这件！这些又是什么？狐狸毛皮！（他朝它们吹了口气）货真价实的狐狸毛皮，足有半英里长！你的狐狸毛皮又在哪儿呢，斯黛拉？毛茸茸、雪雪白的毛皮，一点都不掺假！你的白狐狸毛皮在哪儿呢？

斯黛拉：

这都是布兰琪好多年前就有了的假皮草，都不值钱的。

斯坦利：

我有个做这类买卖的熟人。我要把他叫过来给它估估价。我愿意跟你打个赌，投在这些东西上的至少得有几千块钱！

斯黛拉：

别痴心妄想了，斯坦利！

（他把毛皮扔到了躺椅上。然后把衣箱里的小抽屉一把拉开，掏出整整一把人造珠宝来。）

斯坦利：

这又是什么？海盗大王的财宝箱！

斯黛拉：

噢，斯坦利！

斯坦利：

珍珠！成串的珍珠！你这位姐姐到底是干嘛的？深海潜水员吗？还有好多串赤金的镯子！你的珍珠项链和赤金镯子又在哪儿呢？

斯黛拉：

嘘！给我安静点，斯坦利！

斯坦利：

还有钻石！女王戴的王冠！

斯黛拉：

这是莱茵石的头饰，她戴了参加化妆舞会的。

斯坦利：

什么是莱茵石？

斯黛拉：

跟玻璃差不多。

斯坦利：

你开玩笑呢？我有个熟人在珠宝店工作。我要叫他过来给它估估价。这就是你的种植园，或者说还剩下来的那部分，就在这里！

斯黛拉：

你都不知道你有多蠢，多让人讨厌！趁她还没从浴室里出来，马上把箱子给我关好！

（他一脚把箱盖踢得半掩，一屁股坐在厨房桌子上。）

斯坦利：

科瓦尔斯基和杜布瓦家的观念很不一样。

斯黛拉（生气地）：

谢天谢地，确实不一样！——我要出去了。

（她一把抓起她的白色帽子和手套，穿过房间朝外面的大门走去）布兰琪就要穿衣服了，你也跟我一起出去。

斯坦利：

从什么时候轮到你来发号施令了？

斯黛拉：

那你打算留在这儿侮辱她喽？

斯坦利：

少他妈跟我唧唧歪歪的，我是打算留在这儿。

（斯黛拉走到外面的门廊上。布兰琪裹了件红缎子的浴袍从浴室里出来。）

布兰琪（轻盈快活地）：

哈罗，斯坦利！你看看我，洗得干干净净，香喷喷的，感觉简直就像是换了个新人！

（他点了根烟。）

斯坦利：

那就好。

布兰琪（把窗帘拉上）：

对不起，我要穿上我漂亮的新裙子了！

斯坦利：

你换好了，布兰琪。

（她把两个房间之间的布帘拉上。）

布兰琪：

我明白你们要举行个小小的牌局聚会，我们两位女士却没有得到诚挚的邀请！

斯坦利（恶意地）：

是吗？

（布兰琪脱掉浴袍，穿上印花裙装。）

布兰琪：

斯黛拉呢？

斯坦利：

在外头的门廊上。

布兰琪：

一会儿我要请你帮个忙。

斯坦利：

我倒想知道要我帮你什么忙？

布兰琪：

我背后的扣子！你可以进来了。

（他怒冲冲地穿过布帘。）

我看起来怎么样？

斯坦利：

还不错。

布兰琪：

多谢了！扣子！

斯坦利：

我对付不来。

布兰琪：

你们这些粗手笨脚的男人。能抽一口你的烟吗？

斯坦利：

抽你的吧。

布兰琪：

嘿，谢了！……我的衣箱像是爆开了。

斯坦利：

我跟斯黛拉刚才帮你开箱整理呢。

布兰琪：

哦，你们这活儿干得可真叫利落！

斯坦利：

你好像打劫了好几家巴黎的时装店。

布兰琪：

哈—哈！是呀——我就是爱穿衣打扮！

斯坦利：

你这套皮草得花多少钱？

布兰琪：

咳，这都是我的一位仰慕者送的！

斯坦利：

他定然有无限的——仰慕！

布兰琪：

哦，我年轻的时候是有那么几位仰慕者的。可你看我现在的样子！（对他嫣然一笑）你觉得我有可能一度也曾——相当迷人吗？

斯坦利：

你样子还行。

布兰琪：

我是指望着钓到一两句恭维话呢，斯坦利。

斯坦利：

我对这套玩意儿可没兴趣。

布兰琪：

什么——玩意儿？

斯坦利：

恭维女人的外貌。我还从没碰到一个女人不知道自个儿好不好看，非要人家告诉她一声的，有些女人对自己的评价还往往过了头呢。我曾经谈过一个洋娃娃一样的女朋友，她对我说，“我好迷人，我好迷人！”我说，“那又怎么了？”

布兰琪：

那她又是怎么说的？

斯坦利：

她什么都没说。我这一句话就让她像个蛤蜊一样闭上了嘴巴。

布兰琪：

这段罗曼史也就结束了？

斯坦利：

也不过结束了那次谈话——仅此而已。有些男人很吃这套好莱坞式的迷人把戏，有些男人可不吃这一套。

布兰琪：

我敢肯定你属于第二种类型。

斯坦利：

这话没错。

布兰琪：

我想女人的魅力根本就没办法蛊惑你。

斯坦利：

这话——没错。

布兰琪：

你简单、直率又诚实，我想还多少有点儿粗野。要想引起你的兴趣，一个女人就得——（她做了个不能确定的手势，停下话头。）

斯坦利（慢吞吞地）：

把牌——摊在桌面上。

布兰琪（微笑道）：

好，我历来就不喜欢缺乏决断的软蛋。这也就是为什么昨天晚上你一进来，我就对自己说——“我妹妹嫁了个男人！”——当然，一见之下我也只能看得出这么多。

斯坦利（吼道）：

收起你这套唧唧歪歪的玩意儿吧！

布兰琪（用手捂住耳朵）：

噢——！

斯黛拉（从台阶上喊）：

斯坦利！你给我出来，让布兰琪把衣服换好！

布兰琪：

我已经换好了，亲爱的。

斯黛拉：

好的，那你就出来吧。

斯坦利：

你姐姐和我正在谈点小事。

布兰琪（轻快地）：

亲爱的，帮我个忙。快去杂货店给我买一杯柠檬可乐，要多加刨冰！——你能替我跑一趟吗，小甜甜？

斯黛拉（犹疑地）：

好的。（她转过街角的楼房。）

布兰琪：

可怜的小东西在外头听我们讲话呢，我觉得她不像我那么了解你。……好吧；现在，科瓦尔斯基先生，咱们就废话少说，直奔主题吧。我准备好了，有问必答。我没有什么好隐瞒的。你想知道什么？

斯坦利：

在路易斯安那州有这么一款法律叫做拿破仑法典，按照它的规定，凡是属于我妻子的也就是属于我的——反之亦然。

布兰琪：

我的天啊，你这种大法官的架势还真是惊人呢！

（她拿自己的香水瓶往自己身上喷了喷；然后开玩笑

地往他身上喷。他夺过瓶子往梳妆台上砰地一蹾。她仰头大笑。）

斯坦利：

要不是知道你是我老婆的姐姐，我可要打你的主意了！

布兰琪：

打什么主意？

斯坦利：

别跟我装聋作哑。你知道打的什么主意！

布兰琪（她把香水瓶放在桌子上）：

好吧。咱们摊牌。这正合我意。（她转向斯坦利。）我知道自己撒过不少无伤大雅的小谎。毕竟，一个女人百分之五十的魅力就在于假象，不过只要事关重大我从来都是实话实说，事实就是：我有生以来，从来没有欺骗过我妹妹或是你，或者其他任何人。

斯坦利：

那些单据呢？在箱子里？

布兰琪：

我所有的一切都在那个箱子里了。

（斯坦利走到衣箱前，一把把箱盖推开，然后就开始把各个隔层一一打开。）

布兰琪：

看在老天的分上，你到底在想些什么！你那个小男孩一样的脑子后面藏了些什么心思？我是卷款潜逃？想对我亲生妹妹耍什么阴谋诡计？——还是让我来吧，还更简单快捷点儿……（她走到箱子前，取出一个盒子）我大部分的文件单据都放在这个盒子里。（她把盒子打开。）

斯坦利：

底下那是什么？（他指着另外一叠纸张。）

布兰琪：

是情书，日久天长都发黄了，都是一个小伙子写给我的。（他一把夺了去。她厉声喝道）还给我！

斯坦利：

我得先看看！

布兰琪：

你手一碰就玷污了它们！

斯坦利：

少跟我来这一套！

（他把丝带扯掉，开始查验。布兰琪硬从他手里往外夺，信都撒落在地上。）

布兰琪：

你已经碰过它们了，我得把它们都给烧了！

斯坦利（不解地瞪着眼）：

这到底是些什么玩意儿？

布兰琪（扑在地板上把信一一捡起来）：

是个已经死了的小伙子写的诗。我就像你伤害我这样伤害了他，可是你伤不到我！我已经不再年轻，不再脆弱了。

可我那年轻的丈夫却无比脆弱，而我——算了算了！把它们给我就好！

斯坦利：

你刚才说得把它们给烧了是什么意思？

布兰琪：

对不起，我一定是一时昏了头了。每个人都有些不让任何人去碰的东西，因为它们带有的——私密性质……

（她现在因精疲力竭而显得极度衰弱，抱着那个结实的盒子，戴上副眼镜，逐一翻检了一遍那一大摞文件单据。）

安布勒父子公司。唔……勒拉布特里……还是安布勒父子公司。

斯坦利：

安布勒父子公司是干嘛的？

布兰琪：

为那块地产提供抵押贷款的公司。

斯坦利：

那地产就是因为抵押失去的喽？

布兰琪（轻按自己的额头）：

想必是这么回事。

斯坦利：

我可不要听这些“想必”、“可能”、“但是”的！剩下的都是些什么单据？

（她把整个盒子都递给他。他把盒子拿到桌子上，开始查验那些单据、文件。）

布兰琪（拿起一个装着更多单据的大信封）：

这儿有上千张单据呢，可以上溯到上百年前，我们那些大手大脚的祖辈、父辈还有兄长们为了他们那些史诗般的通奸丑行，将贝拉里夫的土地一块块抵押出去——简而言之就是这么回事！（她精疲力竭地笑笑，把眼镜摘下来）这些风流韵事将我们的种植园剥夺殆尽，最后我们只剩下了宅子——斯黛拉可以作证！——还有大约二十英亩的地，还包括一块坟地，这差不多就是斯黛拉和我唯一可以归隐的地方了。（她把信封里的单据全都倒在桌上）所有的单据都在这儿了！我把它们全都赠予你！拿走，好好研究去吧——甚至要把它们牢牢记住！我想贝拉里夫最后变成了这么一堆废纸，握在你那双大手里真是再合适不过了！……不知道斯黛拉是不是把我的柠檬可乐买回来了……（她往后一靠，闭上了眼睛。）

斯坦利：

我有个当律师的熟人，他会把这些单据研究清楚的。

布兰琪：

把这些东西给他的时候再附赠一盒阿司匹林。

斯坦利（突然有些局促不安，态度软了下来）：

你看，根据拿破仑法典——一个男人必须得对他妻子的事务操一份心——尤其是她马上就要有个孩子了。

（布兰琪睁开眼睛。“布鲁斯钢琴曲”乐声渐响。）

布兰琪：

斯黛拉？斯黛拉要生孩子了？（做梦似的）我不知道她要生孩子了！

（她站起身朝外面的大门走去。斯黛拉绕过街角上，拿着个杂货店的纸盒子。

（斯坦利拿着那个信封和装单据的盒子走进卧室。

（室内灯光转暗，直到全黑，楼房的外墙清晰可见。布兰琪在通人行道的楼梯脚迎上了斯黛拉。）

布兰琪：

斯黛拉，我的明星斯黛拉！有个孩子多好啊！没事的。一切都没事的。

斯黛拉：

很抱歉他这样待你。

布兰琪：

哦，我猜他只不过不是那种喜欢茉莉香水的类型，不过我们现在已经失去了贝拉里夫，没准儿他正是我们需要用来传宗接代的男人。这是我们反复讨论后得出的结论。我觉得有点发抖，不过我想我处理得还不错，我就权当是个笑话一笑置之了。（斯蒂夫和巴勃罗上场，扛了箱啤酒。）我管他叫小男孩，跟他逗笑调情。是呀，我竟然跟你的丈夫调情！（两个男人走上前来）牌局聚会的客人们到了。（两个男人从她们中间穿过，进了屋。）我们现在该走哪条道儿，斯黛拉——这条？

斯黛拉：

不，是这条。（领布兰琪下。）

布兰琪（大笑）：

瞎子领着瞎子！

（卖墨西哥辣味玉米粉蒸肉的小贩的叫卖声。）

小贩的声音：

新鲜热辣哟！

第三场

扑克之夜

俨然凡·高《弹子房之夜》[1]所描绘的情景。厨房里一派灯光明亮、耀眼生辉的夜间图景，鲜艳的色彩仿若童年的记忆。桌上铺着黄色的漆布，灯泡上罩着翠绿色的玻璃灯罩。玩扑克牌的几个男人——斯坦利、斯蒂夫、米奇和巴勃罗——都身穿颜色鲜艳的彩色衬衣：纯蓝、紫色、红白格子和浅绿色，这几个人正当壮年，正处在体能的巅峰时期，就跟这几种基本的色彩一样粗犷、直截而又强壮有力。桌子上摆着刚切好的西瓜、威士忌酒瓶和杯子。卧室里相对较暗，光源只有透过门帘和临街的宽大窗户照进来的灯光。

发牌的时候，大家一度都默不作声。

斯蒂夫：

这一局有没有百搭的？

巴勃罗：

独眼J[2]百搭。

斯蒂夫：

给我两张牌。

巴勃罗：

你呢，米奇？

米奇：

我出局了。

巴勃罗：

我要一张。

米奇：

有人想喝一杯吗？

斯坦利：

我来一杯。

巴勃罗：

怎么没人去中国佬的铺子里买包炒杂碎来下酒？

斯坦利：

我一输钱你就想吃！付钱付钱！谁开牌？开牌！把你的屁股从桌子上挪开，米奇。牌桌上只能有牌、筹码和威士忌。

（他摇摇晃晃地站起来，把几块西瓜皮扔到了地板上。）

米奇：

你还真够趾高气扬的，是不是？

斯坦利：

要多少？

---

① 应是凡·高的《咖啡馆之夜》。

② “独眼J”指红桃和黑桃J，因为这两张牌上的Jack是侧面像，只能看到一只眼，而方块和梅花Jack则是正面像。

斯蒂夫：

给我三张。

斯坦利：

一张。

米奇：

我又出局了。我马上就该回家去了。

斯坦利：

闭嘴。

米奇：

我还有个生病的妈呢。她晚上得等我回家以后才肯睡。

斯坦利：

那你干吗不待在家里陪她？

米奇：

是她叫我来的，所以我才来的，可是玩得一点都不痛快。一直都在惦记着她到底怎么样了。

斯坦利：

噢，看在耶稣的分上，家去得了！

巴勃罗：

你有什么？

斯蒂夫：

黑桃同花。

米奇：

你们都成家立业了。可她要是走了，我就孤单单一个人了。——我去下卫生间。

斯坦利：

快点回来，我们给你个白糖奶头[①]吮吮。

米奇：

噢，少来这套老调重弹吧。（他穿过卧室进入浴室。）

斯蒂夫（发牌）：

七张牌的梭哈。（一边发牌一边讲他的笑话）有个老农夫来到他房子后头，刚坐下来撒点谷粒喂鸡，就听到咯咯地大叫，原来是有只小母鸡飞快地绕过房屋跑过来，后面紧跟着一只公鸡，眼看就要追上她了。

斯坦利（听得不耐烦）：

发牌呀！

斯蒂夫：

可那只公鸡一看见农夫在撒谷粒，马上就来了个急刹车，放了那只母鸡，开始啄起了谷粒。那老农夫就说，“我的主啊，希望我永远不会饿到这种程度！”

（斯蒂夫和巴勃罗哈哈大笑。姐妹俩绕过街角的楼房上场。）

斯黛拉：

他们牌还没打完呢。

布兰琪：

我看起来怎么样？

---

① 用布包着糖让婴儿含着，哄孩子睡觉用。

斯黛拉：

可爱极了，布兰琪。

布兰琪：

我觉得又热又疲惫。等我先扑点粉你再开门。我看着是不是累坏了？

斯黛拉：

才不呢。你就像是朵雏菊一样新鲜。

布兰琪：

摘下来好几天的雏菊了。

（斯黛拉把门开开，姐妹俩进屋。）

斯黛拉：

咳，咳，咳。我就知道你们这帮家伙打起来就没完！

斯坦利：

你们去哪儿了？

斯黛拉：

布兰琪跟我去看了场戏。布兰琪，这是冈萨雷斯和哈贝尔先生。

布兰琪：

请不必起立。

斯坦利：

没人想给你起立，甭担这个心了。

斯黛拉：

你们的牌还要打多久？

斯坦利：

打到不想打了为止。

布兰琪：

扑克牌就是容易上瘾。我从旁出出主意可好？

斯坦利：

不好。你们两个女人干吗不到楼上跟尤妮斯待会儿？

斯黛拉：

因为已经将近两点半了。（布兰琪走进卧室，没把门帘拉严）再发一次牌就结束好不好？

（一把椅子尖利的摩擦声。斯坦利用力在她大腿上拍了一巴掌。）

斯黛拉（厉声）：

这没什么好玩的，斯坦利。

（几个男人哈哈大笑。斯黛拉走进卧室。）

斯黛拉：

他总是当着人家的面来这一手，真把我气死了。

布兰琪：

我想洗个澡。

斯黛拉：

还要洗？

布兰琪：

我的神经都扭成一团了。浴室里有人吗？

斯黛拉：

不知道。

（布兰琪敲了敲门。米奇开门走出来，仍然在一块毛巾上擦着手。）

布兰琪：

噢！——晚上好。

米奇：

你好。（紧盯着她看。）

斯黛拉：

布兰琪，这位是哈罗德·米切尔。我姐姐，布兰琪·杜布瓦。

米奇（笨拙地殷勤有礼）：

您好呀，杜布瓦小姐。

斯黛拉：

你母亲现在怎么样了，米奇？

米奇：

差不多还是老样子，谢谢。你送过去的蛋奶糕她可喜欢了。——对不起，失陪了。

（他慢慢朝厨房走去，回头瞥了布兰琪一眼，有点羞怯地咳了一声。他意识到手里还拿着那块毛巾，尴尬地笑笑，递还给斯黛拉。布兰琪出于一定的兴趣，一直目送他过去。）

布兰琪：

这一位像是——比其他几个强些。

斯黛拉：

是，他确实强些。

布兰琪：

我觉得他有那么一种敏感的神情。

斯黛拉：

他妈妈病了。

布兰琪：

他成家了吗?

斯黛拉：

还没。

布兰琪：

他是个色狼?

斯黛拉：

什么话，布兰琪！（布兰琪笑了。）我看他不是这号人。

布兰琪：

他是——他是干什么的?

（解开短上衣的纽扣。）

斯黛拉：

他是配件部门的精密钳工。跟斯坦利一个厂，斯坦利给厂里做旅行推销。

布兰琪：

这工作有前途吗?

斯黛拉：

没什么前途。斯坦利是他那帮哥们里面唯一可能有点希望的。

布兰琪：

你怎么就觉得斯坦利有希望的？

斯黛拉：

你看看他。

布兰琪：

我瞻仰过了。

斯黛拉：

那你就该知道了。

布兰琪：

抱歉，不过我并没有看到斯坦利的前额上盖着天才的印记。

（她把短上衣脱下来，穿着粉色的丝质胸罩和白裙子站在透过门帘照进来的光里。牌局还在低语声中继续进行。）

斯黛拉：

他前额上可没什么印记，而且他也不是什么天才。

布兰琪：

哦。既然如此，那到底是什么，又表现在哪儿呢？我很想知道。

斯黛拉：

是他拥有的一股干劲。你站到灯光里了，布兰琪！

布兰琪：

哦，可不是吗！

（她躲开那道黄色的灯光。斯黛拉已经脱下衣服，换了件浅蓝色的缎子宽袍。）

斯黛拉（少女般嘻嘻笑道）：

你真该见识一下他们的老婆。

布兰琪（笑嘻嘻地）：

我想象得到。应该像母牛一样壮硕吧。

斯黛拉：

你认识楼上那位吧？（笑得更厉害了）有一次（笑）那块灰泥——（笑不可抑）都裂开了——

斯坦利：

你们这些婆娘别躲在那儿嚼舌头！

斯黛拉：

你又听不见我们讲什么。

斯坦利：

嗨，可是你能听见我说什么，我说你们给我肃静！

斯黛拉：

这是我的家，我爱说什么就说什么！

布兰琪：

斯黛拉，别吵起来了。

斯黛拉：

他都快喝醉了！——我这就出去待一会儿。

（她走进浴室。布兰琪站起身，不慌不忙地走到一台白色的小型收音机前，把它打开。）

斯坦利：

好吧，米奇，你跟进吗？

米奇：

什么呀？哦！——不，我出局了！

（布兰琪又回到那一道光照里。她抬起双臂伸了个懒腰，然后懒洋洋地坐回到椅子上。

（收音机里放出伦巴舞曲的音乐。米奇从牌桌旁站起身来。）

斯坦利：

谁把里面的收音机给开了？

布兰琪：

我开的。你不愿意听？

斯坦利：

把它给关了！

斯蒂夫：

嗨，让姑娘们听她们的音乐去好了。

巴勃罗：

就是啊，挺好听的，让它开着吧！

斯蒂夫：

听着像是哈维尔·库加特[①]的演奏。

---

① 哈维尔·库加特（Xavier Cugat，1900—1990），生于西班牙、长于古巴、成名于美国的乐队指挥、小提琴家和编曲，是促成拉丁音乐在美国得到广泛认可的关键人物。

（斯坦利跳起来，冲到收音机前把它关掉。见布兰琪坐在一边，他突然停住。她毫不畏缩地回望着他。然后他又回到牌桌旁坐下。

（两个男人已经开始热烈争论起来。）

斯蒂夫：

我没听见你叫牌。

巴勃罗：

我没叫牌吗，米奇？

米奇：

我没注意听。

巴勃罗：

那你刚才在干吗？

斯坦利：

他只顾从帘子缝里看她们呢。（他跳起来，恶狠狠地一把把帘子拉紧）现在重新再发一遍牌，要玩就好好玩，不然就拉倒。有些人赢了钱以后就像招了蚂蚁，坐不住了。

（斯坦利回到自己的座位上以后米奇就站了起来。）

斯坦利（喝道）：

给我坐下！

米奇：

我要去趟“一号”。别算上我了。

巴勃罗：

他现在是真招了蚂蚁了。他裤袋里那七张五美元的钞票卷得可真够紧的，简直就像唾沫球[①]。

斯蒂夫：

赶明儿你就会看到他跑到银行出纳的柜台上，把它们都换成二十五分钱的钢镚儿。

斯坦利：

然后他就回家把这一堆钢镚儿一个接一个塞进他的小猪储钱罐里，那是他妈妈送给他的圣诞礼物。（发牌）这游戏就叫做：往大海里吐唾沫——或者叫集腋成裘。

（米奇不自然地笑笑，穿过布帘，一进卧室就停了下来。）

布兰琪（柔声道）：

哈罗！小男孩的房间刚才可真热闹啊。

米奇：

我们——喝啤酒来着。

布兰琪：

我讨厌啤酒。

米奇：

这是——大热天喝的饮料。

布兰琪：

哦，我不这么认为；我总是越喝越热。你有烟吗？（她已经换上了件深红色的缎子睡袍。）

---

① 小孩子用唾沫将纸弄湿后团成纸团，用作投射物。

米奇：

当然有。

布兰琪：

什么牌子的？

米奇：

吉祥牌。

布兰琪：

啊，不错。这烟盒可真漂亮。银的？

米奇：

是的。是的；看看上面的铭文。

布兰琪：

哦，还刻着铭文呢？我都认不出来。（他划了根火柴，凑得更近些）噢！（假装读得很吃力）：

“纵使天不假年，

死后——我对你的爱会更加深沉！”

哎呀，这出自我最爱的一首白朗宁夫人的十四行诗呢！

米奇：

你知道出处？

布兰琪：

我当然知道！

米奇：

这段铭文里还有个故事呢。

布兰琪：

听着像是个浪漫故事。

米奇：

让人断肠。

布兰琪：

哦？

米奇：

那姑娘已经死了。

布兰琪（深切同情的语调）：

哦！

米奇：

她把烟盒送给我的时候，自知已经来日无多了。一个非常奇怪的姑娘，非常甜蜜——非常！

布兰琪：

她一定非常喜欢你。病人对人的依恋往往都是这般深沉而又真挚。

米奇：

这话没错，确实是这样。

布兰琪：

我想悲伤能使人真挚。

米奇：

它确实有这个功效。

布兰琪：

真诚是何等稀有，它只属于经历过悲伤的人。

米奇：

我相信你说得很对。

布兰琪：

我敢说我是对的。你给我找个不知道悲伤为何物的人来，我就能给你指出他的呼（肤）浅之处——听我说！我说话有点大舌头！这该由你们这帮小伙子负责。戏在十一点钟就散场了，可是因为你们在玩牌我们就不能回家，所以我们只得找了个地方喝上一杯。我最多就喝两杯——三杯！（呵呵一笑）今晚上我喝了三杯。

斯坦利：

米奇！

米奇：

别算上我了。我正跟这位小姐说话呢！

布兰琪：

我姓杜布瓦。

米奇：

杜布瓦小姐？

布兰琪：

这是个法国人的姓。意思是“树林”，而布兰琪的意思是“白色”，所以加在一起就成了“白色的树林”。就像春天的果园！你可以照这个来记。

米奇：

你是法国人？

布兰琪：

照出身我们是法国人。我们的第一代美国祖先就是法国的胡格诺教徒[①]。

米奇：

你是斯黛拉的姐姐？还是妹妹？

布兰琪：

斯黛拉是我的小可爱。我叫她小可爱，实际上她还比我大呢。就大一点儿。还不到一岁。你能帮我做点事儿吗？

米奇：

当然了，做什么？

布兰琪：

我在波旁街上一家中国人的铺子里买了这个小巧玲珑的彩纸灯笼。把它罩在那个灯泡上！行不行？拜托了。

米奇：

乐于效劳。

布兰琪：

我受不了光秃秃的灯泡，就像我受不了一句粗话或是一个粗俗的举动。

米奇（把灯笼调整好罩到灯泡上）：

我想，我们这帮人给你的印象肯定挺粗野的。

---

① 胡格诺教是16世纪欧洲宗教改革运动中兴起于法国而长期惨遭迫害的新教教派。

布兰琪：

我很能够适应——环境。

米奇：

嗯，这是个优点。你是来探望斯坦利和斯黛拉的？

布兰琪：

斯黛拉最近身体不大好，我过来帮她一阵子。她真是累坏了。

米奇：

你还没——？

布兰琪：

结婚？没，还没。我是个教书的老姑娘了！

米奇：

你可能是个老师，可绝不是个老姑娘。

布兰琪：

谢谢你，先生！我感激你的殷勤美意！

米奇：

这么说来你是位老师喽？

布兰琪：

是啊。啊，是……

米奇：

是小学还是高中，还是——

斯坦利（低吼）：

米奇！

米奇：

就来！

布兰琪：

天哪，好大的嗓门！……我教高中。在劳雷尔。

米奇：

你教什么呢？什么科目？

布兰琪：

你猜！

米奇：

我敢说你肯定教的是美术，或是音乐？（布兰琪优雅地一笑）当然我也可能猜错。你也可能教数学。

布兰琪：

绝不是数学，先生；绝对不可能是数学！（笑）我连乘法表都背不出来！不，我不幸是个英文教师。我尽可能地给那帮少女和杂货铺里的罗密欧灌输一点对于霍桑、惠特曼和爱伦·坡的尊敬！

米奇：

我猜他们当中有些孩子可能对别的东西更感兴趣吧。

布兰琪：

你说得太对了！文学传统可绝非他们大多数孩子最珍视的东西！不过他们都很甜蜜可人！一到了春天，注意到他们如何第一次发现爱情，真是动人极了！就仿佛在他们之前还没有人知道有爱情似的！

（浴室门开了，斯黛拉走出来。布兰琪继续跟米奇聊天。）

哦！你完事了！等一下——我把收音机开开。

（她拧开收音机，开始播送“Wien，Wien，nur du allein”[①]。布兰琪和着华尔兹的舞曲翩翩起舞。米奇大为高兴，也笨手笨脚地模仿她跳起来，活像头手舞足蹈的笨熊。

（斯坦利怒冲冲地穿过帘子闯进卧室。几步走到那个白色的小收音机前，一把把它从桌子上抓起来。大骂一声把它扔到了窗外。）

斯黛拉：

醉鬼——醉鬼——你这个畜牲！（她冲向牌桌）你们都给我——请你们回家去！如果你们身上还有一丁点体面——

布兰琪（狂呼）：

斯黛拉，小心，他要——

（斯坦利朝斯黛拉冲过去。）

几个男人（微弱地）：

别急，斯坦利。放松，哥儿们。——咱们还是都——

斯黛拉：

你要是胆敢碰我一下，我就——

---

① 德语：“维也纳，维也纳，你并不孤单”，一首著名的奥地利华尔兹舞曲和歌曲，也译作“维也纳，维也纳，我的梦中之城”。

（她退出视线范围。他跟上也消失不见。传出殴打的声音。斯黛拉大哭小叫。布兰琪尖叫着跑进厨房。几个男人冲上前来，传来扭打和咒骂声。有样什么东西摔到地上打碎了。）

布兰琪（尖叫）：

我妹妹就要生孩子了！

米奇：

这太可怕了。

布兰琪：

疯了，完全发疯了！

米奇：

把他拉进来，伙计们。

（斯坦利被两个男人擒住双臂，硬拖进卧室。他差一点就把他们甩开。然后他突然间软了下来，任由他们摆布。

（两人充满友爱地悄声跟他说话，他把脸靠在其中一位的肩上。）

斯黛拉（在场外，以很高很不自然的音调）：

我要走，我要离开这个地方！

米奇：

家里有女人就不该玩牌。

（布兰琪冲进卧室）

布兰琪：

我来拿我妹妹的衣裳！我们到楼上那个女人家里去！

米奇：

衣裳在哪儿呢？

布兰琪（打开壁橱）：

找到了！（跑向斯黛拉）斯黛拉，斯黛拉，我的宝贝儿！亲爱的，亲爱的小妹妹，不要害怕！

（布兰琪用双臂搂着斯黛拉，引她走出大门上楼去。）

斯坦利（迟钝地）：

干吗；出了什么事？

米奇：

你刚发了通脾气，斯坦。

巴勃罗：

他现在没事了。

斯蒂夫：

当然，我的伙计当然没事了！

米奇：

扶他上床，再去拿块湿毛巾来。

巴勃罗：

我看，现在给他来杯咖啡再好也不过了。

斯坦利（含混不清地）：

我想要水。

米奇：

带他去冲个凉！

（几个男人领他去浴室的过程中悄声交谈。）

斯坦利：

少他妈的跟我来这套，你们这帮狗娘养的！

（听到打斗的声音。然后是哗哗的水声。）

斯蒂夫：

咱们还是快撤吧！

（他们冲到牌桌前，把赢的钱揣上出去。）

米奇（悲哀然而坚定地）：

家里有女人真不该玩牌。

（门在他们身后关上，室内一片寂静。街角酒吧里的黑人乐队在演奏《剪纸娃娃》，乐声缓慢而又忧伤。过了一会儿，斯坦利浑身湿淋淋地从浴室里出来，仍旧穿着湿透了贴在身上的圆点花纹内裤。）

斯坦利：

斯黛拉！（略顿）我的宝贝娃娃离开了我！

（开始抽泣。然后走到电话前拨号，一边还抽抽搭搭。）

尤妮斯吗？我要找我的宝贝儿！（他等了一会儿；然后把电话挂上重新拨号）尤妮斯！我一定要跟我的宝贝儿说上话，要不然我就一直拨个没完！

（传来一声模糊不清的尖叫。他把电话摔到了地上。室内的灯光渐渐转暗，直到完全黑下来，外墙在夜色中显现出来，其间听到铜管乐器和钢琴不和谐的声音。“布鲁斯钢琴曲”来了个简短的暂停。

（最后，斯坦利就这么衣衫不整、跌跌撞撞地来到门廊，走下木头楼梯来到楼房前的人行道上。然后他仰起头，像一头狂吠的猎狗狂呼着他妻子的名字：“斯黛拉！斯黛拉，甜心！斯黛拉！”）

斯坦利：

斯黛拉——！

尤妮斯（从楼上他们家的门前对着底下喊道）：

少在那儿嚎丧了，回去睡你的觉去！

斯坦利：

我要我的宝贝儿下来。斯黛拉，斯黛拉！

尤妮斯：

她不会下去的，你还是别嚎了！要不然就叫你吃官司，让你吃不了兜着走！

斯坦利：

斯黛拉！

尤妮斯：

你不能刚动手打了一个女人然后又叫她回去！她不会跟你回去了！而且她马上就要生小宝宝了！……你这个臭猪！你个波兰狗崽子！真巴不得他们再把你拖进局子里，拿消防水龙头狠狠冲冲你，就像上回一样！

斯坦利（谦卑地）：

尤妮斯，我要我的小姑娘下来跟我在一起！

尤妮斯：

哈！（把门摔上。）

斯坦利（撕心裂肺地一声大喊）：

斯黛拉——！

（低音黑管的低吟。楼上的房门再度打开。斯黛拉穿着宽袍从摇摇晃晃的楼梯上溜下来。她眼泪汪汪，头发披散在脖子和肩膀上。两人紧盯着对方。然后发出低低的、动物般的呜咽，拥抱在一起。他在台阶上屈膝跪下，把脸贴在她因怀孕微微隆起的肚子上。她捧住他的头，把他拉起来，目光中充满柔情，一片迷朦。他一把把纱门拉开，把她整个抱起来，进入黑暗的房间。

（布兰琪穿着睡袍从楼上的房间里出来，来到二楼的平台上，然后惊恐万分地跑下楼梯。）

布兰琪：

我的小妹妹在哪儿？斯黛拉？斯黛拉？

（在她妹妹黑暗的公寓门前站住。然后像是遭到打击般喘不过气来。她冲下台阶来到房前的人行道上。她左顾右盼，仿佛要找个可以藏身的地方。

（乐声渐歇。米奇绕过街角上场。）

米奇：

杜布瓦小姐？

布兰琪：

哦！

米奇：

波托马克河上一切都平静了？

布兰琪：

她从楼上跑下来，又跟他一起回家去了。

米奇：

她当然会这么做。

布兰琪：

我真是给吓死了！

米奇：

哈哈！这有什么好怕的。他们俩相互迷恋得死去活来。

布兰琪：

我还不习惯这样的——

米奇：

当然，你刚到这儿就碰上这样的事，实在是丢人。不过也别太拿这事儿当真喽。

布兰琪：

暴力啊！难道这样的——

米奇：

在台阶上坐坐，跟我一起抽根烟吧。

布兰琪：

我的衣着可是很不得体呢。

米奇：

在咱们这个区，这没什么关系。

布兰琪：

多漂亮的银烟盒啊。

米奇：

我给你看过上面的铭文了，是吧？

布兰琪：

看了。（稍顿，她抬头望着天空）这世界上有这么多——这么多纷扰……（他缺乏自信地咳了一声）多谢你待我这么好！我正需要人家待我好一点呢。

第四场

第二天一大早。街上的叫卖声混杂在一起就像是唱诗班的合唱。

斯黛拉躺在卧室里。面色在清晨的阳光中分外安详。一只手搭在刚怀孕微微隆起的腹部。另一只手随便地握着本彩色漫画书。眼睛和嘴唇带有一种几乎处于麻醉状态的静谧，就像是东方神像的脸。

桌上狼藉地散落着早饭和昨晚的残剩，斯坦利那件俗丽的睡衣横躺在浴室的门口。开了一道缝的大门露出一角灿烂的夏日晴空。

布兰琪出现在门前。她昨晚整夜未眠，神情面色跟斯黛拉正好是两个极端。她先是紧张地把指关节压在嘴唇上，透过门缝看了看，然后才进屋。

布兰琪：

斯黛拉？

斯黛拉（懒洋洋地动了动）：

唔？

（布兰琪发出一声呜咽的喊叫，跑进卧室，以一种歇斯底里的柔情一下扑倒在斯黛拉身旁。）

布兰琪：

宝贝儿，我的宝贝妹妹！

斯黛拉（从她身边缩回去）：

布兰琪，你怎么了？

（布兰琪慢慢直起身，站在窗边，指关节压在嘴唇上朝下望着她妹妹。）

布兰琪：

他走了？

斯黛拉：

斯坦？走了。

布兰琪：

他还回来？

斯黛拉：

他去给汽车上油了。怎么啦？

布兰琪：

怎么啦！我都快疯了，斯黛拉！我发现你竟然糊涂到在发生了这种事情之后还跟他回来——我真想跟在你后头冲进来！

斯黛拉：

我很高兴你没这么做。

布兰琪：

你当时到底怎么想的？（斯黛拉做了个不确定的姿态）回答我！怎么想的？你怎么想的？

斯黛拉：

拜托了，布兰琪！坐下，别嚷嚷了。

布兰琪：

那好吧，斯黛拉。我现在就心平气和地来问你。昨天夜里你怎么还能回到这个地方来？为什么，你肯定还跟他睡了觉！

（斯黛拉心平气和从容不迫地从床上起来。）

斯黛拉：

布兰琪，我都忘了你是多么容易激动了。你对这件事太小题大做了。

布兰琪：

是吗？

斯黛拉：

是的。确实如此，布兰琪。我知道这在你看来是何等严重，我也非常遗憾发生了这样的事，不过这压根儿没有你想象的那么严重。首先，一帮男人凑在一起又打牌又喝酒的，就极有可能闹出点事来。这种情形就像个火药桶，一点就着。他都不知道自己干了些什么……我回来以后他温顺得就像只小羔羊，而且他对自己的所作所为是真心实意地羞愧难当。

布兰琪：

那这事儿——这事儿就算完了？

斯黛拉：

不，不论是谁，像这样子闹得人仰马翻都不能说完就完，可是——人嘛，有时候总归会管不住自己的。斯坦利总是爱砸东西。咳，就在我们新婚之夜——我们刚刚进屋——他就一把拽下我的一只拖鞋，在屋子里转了个圈，把所有的灯泡都给砸了个稀巴烂。

布兰琪：

他——怎么着？

斯黛拉：

他用我的拖鞋的鞋跟把所有的灯泡都给砸了！（呵呵一笑。）

布兰琪：

那你——你就让他这么做？没跑，也没叫？

斯黛拉：

我当时——是有点儿——给吓坏了。（等了片刻）你跟尤妮斯吃过早饭了？

布兰琪：

你以为我还会想吃什么早饭吗？

斯黛拉：

炉子上还留了点咖啡。

布兰琪：

你怎么这么——就事论事，斯黛拉。

斯黛拉：

要不然我还能怎么着？他已经把收音机拿去修了。幸好没摔到人行道上，只摔坏了一根电子管。

布兰琪：

而你还站在这儿笑眯眯的！

斯黛拉：

你希望我怎么做？

布兰琪：

振作起来，面对现实。

斯黛拉：

照你看来，什么才是现实？

布兰琪：

照我看来？你嫁了个疯子！

斯黛拉：

不！

布兰琪：

没错，就是这么回事，你的处境比我的还要糟！只不过你对此浑然不觉而已。我要行动起来。我要振作起来，为自己创造一种新生活！

斯黛拉：

是吗？

布兰琪：

可是你已经屈服了。这是不对的，你还年轻呢！你可以挣脱出来。

斯黛拉（缓慢而强调地）**：**

我没有什么想要挣脱的。

布兰琪（难以置信地）：

你说什么——斯黛拉？

斯黛拉：

我说我没有什么想要挣脱的。你看看这个房间乱成什么样子！还有那些空酒瓶子！他们昨晚喝掉了整整两箱！今天早上他向我保证以后再也不搞这种牌局了，可你也知道这类保证能管多长时间。咳，算了，这是他的心头好，就像我喜欢看电影打桥牌一个样。我想，人嘛，得学会迁就彼此的习惯才好。

布兰琪：

我真是搞不懂你了。（斯黛拉转向她）我搞不懂你怎么能这么无所谓。难道这是你——学到的一种中国哲学吗？

斯黛拉：

一种什么——什么？

布兰琪：

这种——敷衍了事和含糊其辞——什么“只摔坏了一根晶体管啦——啤酒瓶子啦——厨房里一片乱糟糟啦！”——就像什么出格离奇的事儿都没发生过一样！（斯黛拉不确定地笑笑，拿起扫帚，在手里晃荡着把玩。）

布兰琪：

你是故意在我脸前晃悠那个东西吗？

斯黛拉：

没有。

布兰琪：

别晃悠了。把扫帚放下。我才不要你给他打扫呢！

斯黛拉：

那谁来打扫呢？你吗？

布兰琪：

我？我！

斯黛拉：

不，我不相信。

布兰琪：

哦，让我想想，我的脑子要是管用就好了！我们一定得弄到点钱，那才有出路！

斯黛拉：

我猜能弄到钱总归是好的。

布兰琪：

听我说。我有办法了。（哆哆嗦嗦地把一根香烟塞进烟嘴里）你记得谢普·亨特利吧？（斯黛拉摇了摇头）你当然记得谢普·亨特利。我大学里跟他约会过，我一度还戴过他的徽章[①]。咳——

斯黛拉：

咳什么？

布兰琪：

去年冬天我又碰到了他。你知道我圣诞假期的时候去了迈

---

① 大学里的男生经常将自己的大学联谊会会徽送给女生作为定情物。

阿密？

斯黛拉：

不知道。

布兰琪：

咳，我去了。我把那次旅行当作一次投资，以为我能碰到个百万富翁什么的。

斯黛拉：

碰到了？

布兰琪：

碰到了。我碰到了谢普·亨特利——我在比斯坎湾大道上碰到了他，就在圣诞前夜，将近黄昏的时候……他正要上车——凯迪拉克敞篷车；足有一个街区那么长！

斯黛拉：

这么长的话恐怕——开起来多有不便吧！

布兰琪：

听说过油井吗？

斯黛拉：

听说过——模模糊糊地听说过。

布兰琪：

他就有油井，遍及得克萨斯。得克萨斯是真真正正地在他口袋里往外喷金子呢。

斯黛拉：

我的妈呀。

布兰琪：

你该知道我对钱是多么地无所谓。我想到钱全都是为了你。可他能办得到，他肯定能办得到！

斯黛拉：

办得到什么，布兰琪？

布兰琪：

嗯——为我们开办一家——商店！

斯黛拉：

什么样的商店？

布兰琪：

哦，一家——总归是商店吧！他只要把他妻子在赛马上挥霍的钱拿出一半来就成了。

斯黛拉：

他结婚啦？

布兰琪：

亲爱的，这个人要是还没结婚的话我还会跑到这儿来吗？（斯黛拉笑笑。布兰琪突然一跃而起，跑到电话旁。尖声道）我怎么跟西联公司①通话？——接线员！西联公司！

斯黛拉：

那是台拨号电话，亲爱的。

---

① 美国最著名的电报公司。

布兰琪：

我不会拨，我太——

斯黛拉：

拨“0”就行了。

布兰琪：

0？

斯黛拉：

是呀，拨“0”就能通接线员！（布兰琪思忖了一会儿；然后把电话放下了。）

布兰琪：

给我支铅笔。有没有张纸条什么的？我得先把它写下来——我是说电文……

（她跑到梳妆台前，抽出一张“舒洁”纸巾，抓起一支眉笔权当书写工具。）

现在让我想想……（咬着眉笔）“亲爱的谢普。我和妹妹身陷绝境。”

斯黛拉：

你说什么！

布兰琪：

“我和妹妹身陷绝境。详情容后再叙。你有否——兴趣……”（再度咬着眉笔）“你有否——兴趣……”（她把眉笔往桌子上一摔，跳将起来）你直截了当地提要求是从来都不会如愿以偿的！

斯黛拉（带笑道）：

别异想天开了，亲爱的！

布兰琪：

再容我想想，我必须得想到——什么办法！别，别笑话我，斯黛拉！请你，求你别——我——我想请你去看看我的钱包里还有多少钱！就这么点儿了！（一把把钱包拉开）统共只有六十五个可怜的钢镚儿！

斯黛拉（走到五斗橱前）：

斯坦利并不定期给我零用钱，他喜欢自己付账，不过——今儿早上他给了我十美金安慰我一下。你拿五美金，布兰琪，剩下的我留着。

布兰琪：

哦，不。不行，斯黛拉。

斯黛拉（坚持）：

我知道你口袋有点钱的话会多么有助于你振作精神。

布兰琪：

不，谢谢你——我要去睡在大街上！

斯黛拉：

讲点道理！你怎么会弄到如此拮据的？

布兰琪：

钱就这么没了——就像流水一样。（她揉着前额）今天我得抽空去买片止痛药！

斯黛拉：

现在我就可以给你找一片来。

布兰琪：

现在还不要——我还得再好好想想！

斯黛拉：

我看你还是想开点儿吧，顺其自然，至少过那么——一段时间……

布兰琪：

斯黛拉，我不能跟他住在一起！你是可以，他是你丈夫。可经过了昨晚上那一出，我怎么还能跟他待在一起，中间就隔着道布帘子？

斯黛拉：

布兰琪，昨晚你正赶上他表现最坏的时候。

布兰琪：

恰恰相反，我正赶上他表现最好的时候！他这样的男人能够呈现的就是野兽的力量，而他就此做出了绝妙的表演！可是跟这样一个男人一起生活的唯一途径就是——跟他上床！而这是你的本职工作——不是我的！

斯黛拉：

等你稍微休息一下，你会看到问题是可以解决的。你在这里什么都不用担心。我是说——开销啦什么的……

布兰琪：

我得为咱俩打算，把咱们俩都——救出去！

斯黛拉：

你想当然地就以为我陷入了什么困境当中，难以脱身似的。

布兰琪：

我想当然地以为你对于贝拉里夫还有足够的记忆，所以会发现跟这整个地方还有这些玩牌的赌徒是没办法共处下去的。

斯黛拉：

好了，你未免把这一切都过分想当然了。

布兰琪：

我不相信你真是心甘情愿的。

斯黛拉：

哦？

布兰琪：

我可以理解这过程是怎么发生的——多多少少。你曾看到他身穿军装，是个军官，可那不是在这里而是——

斯黛拉：

我不觉得具体在哪儿看到的他会有任何的不同。

布兰琪：

请你千万别说人与人之间神秘的电力作用什么的！要不然我会当面笑话你。

斯黛拉：

那么就此我不打算再多说一个字了！

布兰琪：

好，那就别说了！

斯黛拉：

可是在男女之间确实有那种暗地里发生的事儿——那会让别的任何东西都显得不再——重要了。（稍停。）

布兰琪：

你说的就是野蛮的欲望——无非就是——欲望！——就是轰隆隆地开过本地区的那辆破烂电车的名字，从这条老旧的窄街开上去又从另一条……

斯黛拉：

你不是也坐过那辆电车吗？

布兰琪：

就是它把我带到这里来的。——这个既不欢迎我又让我引以为耻的地方……

斯黛拉：

那么你不觉得你那副优越的谱儿有点摆错了地方吗？

布兰琪：

我并没有摆什么，也没感觉到有什么好优越的，斯黛拉。相信我说的话！仅此而已。我就是这么看待这个地方的。一个那样的男人，在你鬼迷心窍的时候你可以跟他约会个——一次——两次——三次，可是跟他一起过日子？还要跟他生孩子？

斯黛拉：

我跟你说过我爱他。

布兰琪：

那我真要为你不寒而栗了！只能——为你不寒而栗……

斯黛拉：

你要是非得不寒而栗，我也无能为力。

（一阵冷场。）

布兰琪：

你能恕我——直言吗？

斯黛拉：

当然，说吧。把话说出来。怎么想的就怎么说。

（外面有一列火车驶近。两人停下话头，一直等到隆隆的车声消歇。两人都在卧室里。

（在车声的掩盖下斯坦利从外面进来。姐妹俩都没看到他，他胳膊底下夹着几个包裹，听到了姐妹俩以下的谈话。他穿一件汗衫和一条油渍斑斑的泡泡纱裤子。）

布兰琪：

好吧——请恕我直言——他实在是粗俗！

斯黛拉：

噢，没错，我也觉得他很粗俗。

布兰琪：

觉得！你不可能把咱们的出身教养全部忘记，斯黛拉，竟然会觉得他的天性中会有任何一点绅士的成分！一丁点儿都没有，没有！哦，如果他只是有点——平常！只是普通了点儿——但是善良而又健全，但他——不是。他身上有种彻头彻尾的——兽性！你恨我这么说，对不对？

斯黛拉（冷冷地）：

继续把话都说完，布兰琪。

布兰琪：

他的举止行动就像是野兽，他有野兽的习气！吃起来、动起来、说起话来都像是野兽！他身上有种——低于人类——还没进化到人类阶段的习性！是的，有一种——类人猿一样的东西，就像我在——人类学研究图片展上看到的某帧画面！多少万年的时间已经从他身边逝去，他——斯坦利·科瓦尔斯基——依旧岿然不动，他是石器时代的劫余！在丛林里猎杀以后将生肉带回家！而你——你就在这儿——等着他回家！他也许会打你，也许会咕噜几声再亲亲你！那还得是在亲吻已经被发明出来以后的事！夜幕降临，其他的类人猿也都跑了来聚会！就在洞穴前面，都像他一样地咕噜嘟囔，狼吞虎咽，拙手笨脚！他的扑克之夜！——你可以称之为——类人猿派对！有的咆哮起来——有的攫取了什么东西——于是大打出手！上帝啊！

也许我们跟按照上帝塑造的那个形象还有很大的距离，可是斯黛拉——我的妹妹——自打有人类以来我们也取得了一些进步了呀！像艺术——比如诗歌和音乐——这类东西，这类新的光明也已经进入这个世界了呀！在某些类型的人当中，某些更加细腻温柔的情感也已经开始了萌芽！这才是我们必须促其成长的！必须紧握不放，当作我们的旗帜竖立起来！在这场黑暗的进军当中，不管我们在走向何方……都不要——千万不要自甘堕落，跟那些野蛮人一起退缩不前！

（又一列火车驶过。斯坦利犹豫了一下，舔了舔嘴唇。然后他突然转过身，偷偷从前门退了出去。姐妹俩仍没有意识到他的存在。等火车驶过以后，他透过关闭的前门喊斯黛拉。）

斯坦利：

嘿！嘿，斯黛拉！

斯黛拉（一直神情严峻地听布兰琪讲话）：

斯坦利！

布兰琪：

斯黛拉，我——

（但斯黛拉已经跑去开门。斯坦利轻松随意地拿着几个包裹进来。）

斯坦利：

你好呀，斯黛拉。布兰琪回来了？

斯黛拉：

是呀，她回来了。

斯坦利：

你好呀，布兰琪。（咧嘴朝她一笑。）

斯黛拉：

你准是又钻到车底下去了。

斯坦利：

弗里茨店里那些该死的机修工，真他妈屁都不懂——嘿！

（斯黛拉已经伸出双臂热烈地抱住了他，就当着布兰琪的面，一点都不避讳。他哈哈一笑，把她的头紧紧地搂向自己。越过她的头，透过帘子，他对布兰琪咧嘴一笑。

（灯光渐暗，仍残留一束光照亮拥抱的两人，传来“布鲁斯钢琴曲”、小号和鼓合奏的乐声。）

第五场

布兰琪坐在卧室里，一边看一封刚刚写好的信一边用一片棕榈叶子当扇子扇。突然爆发出一阵大笑。斯黛拉在卧室里换衣服。

斯黛拉：

笑什么呢，亲爱的？

布兰琪：

笑我自己，笑我自己真是个大话王！我正给谢普写信呢。（拈起信来）"亲爱的谢普。我这个夏天都是在飞机上度过的，到处飞来飞去。谁知道呢，没准儿我会心血来潮，突然在达拉斯降落呢！你觉得这主意如何？哈—哈！（她笑得很神经质又很开心，手摸着自己的喉咙就像是当真在跟谢普说话似的）常言道：有备无患嘛！"——这话听起来如何？

斯黛拉：

啊—哈……

布兰琪（继续神经质地写下去）：

"我妹妹大部分的朋友夏天都去北方避暑了，不过有一些家就在墨西哥湾，于是就轮流做东款待个没完，数不尽的茶会、鸡尾酒会和午餐会——"

（楼上哈贝尔家传来一阵骚乱声。）

斯黛拉：

像是尤妮斯跟斯蒂夫干上了。

（尤妮斯的声音听起来怒不可遏。）

尤妮斯：

我听说你跟那个黄毛婊子的事儿了！

斯蒂夫：

纯粹他娘的扯淡！

尤妮斯：

你少跟我打马虎眼吧！你在“四个二”酒吧里待着我倒是不在乎，可你总往楼上跑。

斯蒂夫：

谁看见我上楼了？

尤妮斯：

我亲眼看见你跟她在阳台上打情骂俏——我一定要把刑警队给叫来！

斯蒂夫：

你少拿那玩意儿扔我！

尤妮斯（尖叫道）：

你打我！我一定要把警察叫来！

（传来铝器砸到墙上的乒嘭声，继之以一个男人愤怒的咆哮声，喊叫声和掀翻家具的声音。一片乒乒嘭嘭的乱响；然后又相对沉寂下来。）

布兰琪（开心地）：

他把她给宰啦？

（尤妮斯蓬头垢面衣衫不整地出现在楼梯上。）

斯黛拉：

没呢！她下楼来了。

尤妮斯：

叫警察，我这就叫警察去！（她跑过街角。）

（姐妹俩轻声笑着。斯坦利转过街角上台，身穿猩红闪绿相间的丝质保龄球衫。他几步跑上台阶，嘭的一声闯进厨房。布兰琪见他进来，神态骤然紧张起来。）

斯坦利：

尤妮斯出什么事儿了！

斯黛拉：

她跟斯蒂夫干了一架。她叫警察去了？

斯坦利：

没有。她叫了杯酒。

斯黛拉：

这可实在多了！

（斯蒂夫从楼上下来，一边揉着前额上的一块瘀青，朝门里瞄了一眼。）

斯蒂夫：

她在这儿？

斯坦利：

没，没。在“四个二”呢。

斯蒂夫：

这个东欧骚货！（他带点胆怯地瞄了瞄街角，然后装出胆大的神气转过街角追她去了。）

布兰琪：

我可得在我的笔记本里记一笔。哈—哈！我准备了个本子专门记下在这儿听到的怪里怪气的俚语俗话。

斯坦利：

你倒是真能记下不少前所未闻的词儿呢。

布兰琪：

这么说有指望喽？

斯坦利：

你能搜集到不下五百个呢。

布兰琪：

这可真是个不小的数字了。（他猛地拉开五斗橱的抽屉，又砰的一声关上，然后把鞋子扔到墙角。每听到一声布兰琪都微微哆嗦一下。她终于忍不住开口道）你是在哪个星座底下降生的？

斯坦利（一边换衣服）：

星座？

布兰琪：

占星的星座啊。我敢打赌你是白羊座的。白羊座的人充满力量、活泼好动。他们就爱吵吵闹闹！他们喜欢乒乒嘭嘭地乱扔东西！你想必在部队里的时候就成天横冲直撞地厉害惯了，如今复员了，只好对着这些没有生命的物件儿撒气！

（斯黛拉此间一直在壁橱里进进出出地拾掇东西。这时把头从壁橱里探出来。）

斯黛拉：

斯坦利是在圣诞节刚过去五分钟降生的。

布兰琪：

摩羯——就是山羊！

斯坦利：

你又是在什么星座底下降生的？

布兰琪：

哦，我的生日是下个月，九月十五号；是室女座。

斯坦利：

什么是室女座？

布兰琪：

室女就是处女。

斯坦利（轻蔑地）：

哈！（一边打领带一边靠前了一点）我说，你是不是碰巧认识一个叫肖的人？

（她脸上略显震惊之色。伸手拿起古龙水瓶子往手绢上喷了喷，回答得相当审慎。）

布兰琪：

咳，谁都认识一个叫肖的人吧！

斯坦利：

噢，这个叫肖的人记得曾在劳雷尔碰到过你，不过我想他肯定把你跟别的什么人搞混了，因为他是在一个叫火烈鸟的旅馆里碰到这个人的。

（布兰琪笑得上气不接下气，一边拿洒了古龙水的手绢按摩太阳穴。）

布兰琪：

恐怕他确实是把我跟那个“别的什么人”搞混了。那个火烈鸟旅馆可不是我这种人胆敢随便光顾的！

斯坦利：

你知道这地方？

布兰琪：

是的，我见识过这家旅馆，也嗅得出它的气味。

斯坦利：

既然都闻到味儿了，那你想必已经靠得够近的了。

布兰琪：

那种廉价香水的气味最刺鼻不过了。

斯坦利：

你用的那种很贵喽？

布兰琪：

二十五美元一盎司！我就快用光了。要是你想记住我生日的话，这也算是个暗示吧！（她语气轻快，可话音里已经带上了恐惧。）

斯坦利：

肖想必是把你搞混了。不过他成天价都在劳雷尔进进出出的，核实一下、澄清错误也容易得很。

（他转身穿过帘子。布兰琪闭上眼睛像是要昏厥的样子。再次将手绢举向太阳穴的时候手哆嗦个不止。

（斯蒂夫和尤妮斯转过街角上场。斯蒂夫的胳膊搂着尤妮斯的肩膀，她纵情地抽抽搭搭，听着他的连篇情话。两人紧紧搂抱着慢慢上楼的时候，传来低沉的雷声。）

斯坦利（对斯黛拉）：

我在“四个二”那儿等你！

斯黛拉：

嘿！我就不值得你亲一口吗？

斯坦利：

当着你姐姐的面不行。

（他出门。布兰琪从椅子上站起来。她显得非常虚弱；带着几乎恐慌的神色四顾张望。）

布兰琪：

斯黛拉！你听到关于我的什么说法没有？

斯黛拉：

嗯？

布兰琪：

人家都对你说过我什么没有？

斯黛拉：

说什么？

布兰琪：

你没听说什么关于我的——不厚道的——闲言碎语吗？

斯黛拉：

怎么，没有，布兰琪，当然没有！

布兰琪：

亲爱的，在劳雷尔的——闲话可多了去了。

斯黛拉：

说你吗，布兰琪？

布兰琪：

自打贝拉里夫从我手指缝里溜走以后，这两年来的日子我过得可不怎么好。

斯黛拉：

我们都免不了会做一些——

布兰琪：

我从来都不够坚强也不大能自立。当你不够强的时候——软弱的人就必须得光彩照人——你就必须得披上软弱的亮彩，就像蝴蝶的翅膀，还得——在灯泡上罩上个纸灯笼……仅仅软弱是不够的。你必须得既软弱，又迷人。而我——我已经今不如昔了！不知道还能撑多久，不知道我还能不能得偿所愿。

（午后已渐渐转为黄昏。斯黛拉走进卧室，把纸灯笼罩着的电灯扭亮。她手里拿了瓶软饮料。）

布兰琪：

你在听我说话吗？

斯黛拉：

你要是再这么神经兮兮的我就干脆不听了。（拿着那瓶可乐走上前来。）

布兰琪（突然又兴奋起来）：

这可乐是给我的？

斯黛拉：

不给你还给谁？

布兰琪：

嘿，你这个小宝贝儿！就光是可乐？

斯黛拉（转身）：

你是说想兑上杯酒喝！

布兰琪：

哦，亲爱的，兑上杯酒是决不会对可乐有任何害处的！我自己来！我可不能让你来服侍我！

斯黛拉：

我喜欢服侍你，布兰琪。这让我觉着更像是在家里。（她走进厨房，找了个酒杯倒了一杯威士忌。）

布兰琪：

我得承认我喜欢让人服侍……

（她冲进卧室。斯黛拉端着酒杯跟在后头。布兰琪突然呻吟一声，紧紧抓住斯黛拉空着的那只手，把它压到自己的嘴唇上。斯黛拉被她这种激情的迸发弄得有些尴尬。布兰琪声音哽咽地说。）

你——你对我——这么好！而我——

斯黛拉：

布兰琪。

布兰琪：

我知道，我不这样了！你讨厌我尽说这些感情用事的话！可是亲爱的，相信我，我告诉你的远没有我感受到的多！我不会再待很久的！我不会的，我保证我——

斯黛拉：

布兰琪！

布兰琪（歇斯底里地）：

我不会的，我保证，我要走了！很快就要走了！真的！我不会一直赖在这里，直到他——把我扔出去……

斯黛拉：

求你别说傻话了好不好？

布兰琪：

好的，亲爱的。看看你倒得——那些嘶嘶叫的泡沫都溢出来了！

（布兰琪尖声笑着抓过酒杯，可她的手抖得厉害，杯子差一点就滑脱。斯黛拉把可乐倒进酒里。泡沫溢满酒杯，溅了出来。布兰琪一阵锐声尖叫。）

斯黛拉（被这尖叫声吓了一跳）：

老天爷！

布兰琪：

正好溅到了我漂亮的白裙子上！

斯黛拉：

哦……用我的手绢。轻轻地擦。

布兰琪（渐渐恢复常态）：

我知道——轻轻地——轻轻地……

斯黛拉：

有印儿吗？

布兰琪：

一点都没有。哈—哈！岂不太走运了？（她哆哆嗦嗦地坐下，感激地喝了一口。她用两只手把稳酒杯，继续笑了一会儿。）

斯黛拉：

刚才干吗叫成那样？

布兰琪：

我也不知道干吗要叫！（神经质地继续道）米奇——米奇七点钟要来。我想我只是为我们俩的关系觉得紧张。（开始讲得飞快，直到上气不接下气）他还什么也没得到，最多就是道晚安时的一个吻，这就是我已经给他的全部，斯黛拉。我想得到他的尊重。男人对于任何得来太容易的东西都不会珍惜。可是另一方面，男人的兴趣又去得飞快。特别是当那个姑娘年过——三十以后。他们认为一个姑娘只要过了三十就该——用那个粗俗的说法就是——“人尽可夫”了。……而我——我可不是“人尽可夫”的。当然他——他还不知道——我是说我还没告诉他——我的真实年龄！

斯黛拉：

你干吗对自己的年龄这么敏感？

布兰琪：

因为我的虚荣心遭受的一连串沉重打击。我的意思是说——他觉得我挺——端庄又有教养，你知道！（她尖声大笑）我想骗骗他，骗得他——想要我……

斯黛拉：

布兰琪，那你想要他吗？

布兰琪：

我想要的是休息！我想能重新安安静静地喘口气！是的——我想要米奇……非常迫切！你就想想吧！如果真能天遂人愿！我就能离开这儿，不再是任何人的麻烦了……

（斯坦利绕过街角上场，皮带底下别着瓶酒。）

斯坦利（大叫大嚷地）：

嘿，斯蒂夫！嘿，尤妮斯！嘿，斯黛拉！

（楼上传来欢快的呼叫。小号和鼓声从街角那儿传来。）

斯黛拉（冲动地吻布兰琪）：

会天遂人愿的！

布兰琪（怀疑地）：

会吗？

斯黛拉：

一定会的！（她穿过房间走进厨房，回头望着布兰琪。）会的，亲爱的，一定会的……不过别再喝了！（她走到门外去迎她丈夫，声音随之中断。

（布兰琪端着酒颓然坐回到椅子上。尤妮斯又是笑又是叫，从楼梯上跑下来。斯蒂夫山羊一般高声怪叫，紧跟在她后面追过街角。斯坦利和斯黛拉手挽着手跟着也走了，开心地笑着。

（暮色四合。“四个二”传来的乐声缓慢而又忧伤。）

布兰琪：

啊，我，啊，我，啊，我……

（她眼睛闭上了，棕榈叶子也从她手里跌落。她抬手猛地抽打了扶手几下。楼房里露出一丝微光。

（一个年轻人沿街道走来，按了按门铃。）

布兰琪：

进来。

（年轻人穿过帘子进来。她饶有兴趣地打量着他。）

布兰琪：

嘿，有什么能帮你的吗？

年轻人：

我是来收《晚星》的钱的。

布兰琪：

我竟不知星星还要收钱的。

年轻人：

那是份报纸。

布兰琪：

我知道，我开玩笑呢——逗逗你！你想不想——喝一杯？

年轻人：

不，夫人。不，谢谢您。我上班的时候不能喝酒。

布兰琪：

哦，好吧，现在，我们来看看……不，我一毛钱都没有！我不是这家的主妇。我是她来自密西西比的姐姐。我就是你听说过的那种穷亲戚。

年轻人：

那没关系。我再来一趟就是了。（他准备出去了，她却凑前一步。）

布兰琪：

嘿！（他羞答答地转过身来。她把一支香烟插在一根很长的烟嘴上）能借个火吗？（她走到他跟前。两人在两个房间之间的门那儿站住。)

年轻人：

当然可以。(他取出一个打火机)这东西有时候不灵。

布兰琪：

它还喜怒无常喽？(打着了火)啊！——多谢你。(他又准备要走)嘿！(他再次转身，更加不自在了。她靠近他)呃——现在几点了？

年轻人：

差一刻七点，夫人。

布兰琪：

这么晚了？你难道不喜欢新奥尔良这些阴雨绵绵的下午？一小时过得都不像只是一小时——而像是永恒的一小片掉进了你的手中——谁知道该怎么打发它才好？(她碰了碰他的肩膀。)你——呃——没在雨中淋湿了？

年轻人：

没有，夫人。我躲进屋了。

布兰琪：

躲进个小卖部？喝了瓶果汁汽水？

年轻人：

呃—啊。

布兰琪：

巧克力的？

年轻人：

不，夫人。樱桃的。

布兰琪（笑道）：

樱桃！

年轻人：

樱桃果汁汽水。

布兰琪：

你搞得我嘴里都流口水了。（她轻轻地摸了摸他的脸颊，微微一笑。然后朝她的衣箱走去。）

年轻人：

噢，我该走——

布兰琪（叫住他）：

年轻人！

（他转身。她从箱子里拣出一条巨大的薄纱围巾，把它披在肩上。）

（在接下来的一阵沉默中，但听得“布鲁斯钢琴曲”的乐声。一直持续到本场结束和下一场的开始。年轻人清了清嗓子，企盼地望着门口。）

年轻人！年轻，年轻，年轻人！可曾有人告诉你，你就像是从《天方夜谭》里走出来的一个年轻的王子？

（年轻人不自在地笑笑，站在那里就像个羞怯的孩子。布兰琪柔声对他讲话。）

噢，你确实像，甜蜜的小羔羊！过来。我想吻吻你，就一下，在你的嘴唇上轻柔甜蜜地吻一下！

（没等他接受，她快步向前，把嘴唇压到他的唇上。）

现在走吧，快跑！留下你倒是好得很，可是我必须得行事端正——不能去碰小孩子。

（他盯着她看了一会儿。她为他开门，他一脸茫然地下台阶时她又朝他送了个飞吻。他消失以后她仍旧有点像做梦似的站在那儿。然后米奇从街角那儿出现，捧着一束玫瑰花。）

布兰琪（高兴地）：

瞧瞧这是谁来了！我的玫瑰骑士①！先向我鞠躬……现在献花！啊—啊—谢—谢！

（她从花束上方望着他，卖弄风情地把花贴向嘴唇。他冲她忸怩地微笑。）

---

① 典出德国著名浪漫主义音乐家理查德·施特劳斯最负盛名的歌剧作品《玫瑰骑士》。玫瑰骑士在旧时奥地利相当于现代社会的红娘。当时，奥地利上流社会人士主要通过“玫瑰骑士”来传达爱情；照当地习俗，玫瑰骑士代替委托人将委托人求婚的信物——一朵银制玫瑰送给委托人未来的新娘。

第六场

同一天夜里大约两点钟的光景。楼房的外墙清晰可见。布兰琪和米奇上场。布兰琪的声音和举止表现出只有神经衰弱的个性才特有的那种极度的疲乏。米奇表情迟钝，却又相当沮丧。两人大概刚从庞恰特雷恩湖上的游乐场回来，因为米奇手里还倒提一尊梅·韦斯特[①]的石膏像，一看就是在射击游戏场或是有奖游艺摊上得到的那种奖品。

布兰琪（有气无力地在台阶前停步）：

咳——

（米奇不自在地笑笑。）

咳……

米奇：

我猜肯定很晚了——而且你也累了。

布兰琪：

连卖热辣玉米粉蒸肉的那个小贩都走了，他总是坚持到最后的。（米奇又不自在地笑笑）你怎么回家呢？

米奇：

我走到波旁街去搭夜班电车。

布兰琪（冷笑道）：

那班叫做欲望的电车这个钟点还在轨道上吱吱嘎嘎地

开着?

米奇（沉重地）：

我恐怕今天晚上出去你玩得并不开心呢，布兰琪。

布兰琪：

我败了你的兴。

米奇：

没，你没有，可我一直觉得我没能让你得到很多——乐趣。

布兰琪：

我只是应付不了这种场面罢了。仅此而已。我觉得我从来都没像这次这么努力地强颜欢笑过，可结果还是弄成了一团糟。我真是尽了十分的努力了！——我确实是尽力了。

米奇：

你要是不喜欢，干嘛还要勉强呢，布兰琪?

布兰琪：

我不过是在服从自然法则。

米奇：

什么样的法则?

布兰琪：

这条法则规定女士必须取悦他的绅士——否则就彻底没

---

① 梅·韦斯特（1892—1980），美国戏剧和电影女演员，以出演色情角色而闻名，曾因上演《性》被控诲淫而遭监禁，拍摄过影片《她委屈了他》、《我并非天使》、《我的小山雀》等。

戏！看看你能不能把门钥匙从这个钱包里摸出来。我累极了以后手指全都麻木了！

米奇（在她的钱包里翻找）：

这个吗？

布兰琪：

不是，亲爱的，那是我箱子的钥匙，我立马就得把它给收拾好了。

米奇：

你是说你很快就要离开这儿了？

布兰琪：

我住得太久，已经不受欢迎了。

米奇：

此话当真？

（乐声渐止。）

布兰琪：

找到啦！亲爱的，你把门开开，我再最后看一眼天空。（她倚在门廊的栏杆上。他把门打开，尴尬地站在她身后。）我在寻找昴星团，就是七姐妹星[①]，不过这些姑娘们今晚上没有出来。哦，出来了，就在那儿呢！上帝保佑她们！姐妹们打完她们的小型桥牌牌局以后，正结伴回家

---

① 据希腊神话，昴星团（或音译普勒阿得斯）是由宙斯将阿特拉斯的七个女儿（迈亚、伊莱克特拉、塞拉伊诺、泰来塔、梅罗普、亚克安娜和斯泰罗普）变成星星而形成的，故又称七姐妹星。

呢……你把门开开啦？好孩子！我猜你——现在也想回家了吧……

（他挪动了一下，轻咳了几声。）

米奇：

我能——呃——吻你一下——道个晚安吗？

布兰琪：

你明明知道可以，干吗还老问呢？

米奇：

我不知道你是不是乐意让我这么做。

布兰琪：

你为什么这么不自信呢？

米奇：

那天晚上我们在湖边停下车来，我吻了你，你——

布兰琪：

亲爱的，我反对的不是那一吻。我很喜欢那一吻。是你另外的一些小——放肆——我觉得——不得不——阻拦你……我并不是反感！一点都不反感！事实上，我对于你——渴望得到我——觉得挺荣幸的！可是，亲爱的，你也知道，一个单身姑娘，一个在这个世上无依无靠的姑娘，必须得坚决地控制住自己的情感，否则她就一失足成千古恨了！

米奇（严肃地）：

失足？

布兰琪：

我猜你是习惯了那些自甘失足的姑娘了。那种第一次约会就立刻投怀送抱的女人！

米奇：

我就喜欢你本来的样子，因为在我所有的——经历当中——我还从没遇见过像你这样的人。

（布兰琪表情严峻地看着他；然后她突然迸发出一阵笑声，赶快又伸手捂住了嘴巴。）

米奇：

你是在取笑我？

布兰琪：

不，亲爱的。这家的主人和主妇还没回来，咱们进去吧。一起喝杯睡前的饮料。也别开灯了，好不好？

米奇：

你愿意——怎样都好。

（布兰琪引他走进厨房。楼房的外墙消失不见，两个房间的内景依稀可辨。）

布兰琪（留在外屋）：

里屋更舒服些——进去吧。我在这间黑屋子里摸索着找点喝的。

米奇：

你想喝一杯？

布兰琪：

我想请你喝一杯！你整个晚上都太紧张，太正经了，我也是；咱们俩都太紧张太正经了，现在为了咱们一起共度的这仅剩的最后时刻——我想创造点—— joie de vivre [1]！我来点根蜡烛。

米奇：

那好。

布兰琪：

咱们就做一回豪放不羁的波希米亚人。假装咱们坐在巴黎左岸一个艺术家的小咖啡馆里！（她点了个蜡烛头，插在一个瓶子里。）Je suis la Dame aux Camellias！ Vous êtes—Armand！[2]懂法语吗？

米奇：

不。不懂，我——

布兰琪：

Voulez-vous couchez avec moi ce soir？ Vous ne comprenez pas？ Ah，quelle dommage！[3]——我是说真他妈好运……我找到酒了！刚好够倒个两杯，就一点都不剩了，亲爱的……

米奇（沉重地）**：**

那——好。

---

① 法语：生之快乐。

② 法语：我来做茶花女！您就是——阿尔芒！（小仲马名著《茶花女》中的男女主人公。）

③ 法语：今晚您愿意跟我同床共枕吗？您听不懂？啊，多大的损失啊！

（她端着酒和蜡烛走进卧室。）

布兰琪：

坐下啊！干吗不把外套脱了，把领口也松缓松缓？

米奇：

最好还是穿着吧。

布兰琪：

不。我想让你舒服自在些。

米奇：

我汗出得厉害，真不好意思。我衬衫都黏在身上了。

布兰琪：

出汗健康。人要是不出汗，不出五分钟就得死。（她把他的外衣脱下来）这外套不错嘛。是什么料子的？

米奇：

他们管这个叫羊驼呢。

布兰琪：

哦。羊驼呢。

米奇：

羊驼呢的分量很轻。

布兰琪：

哦。羊驼呢很轻。

米奇：

我即便是夏天也不喜欢穿太薄的衣服，因为一出汗就能湿透。

布兰琪：

哦。

米奇：

而且穿上以后身材看起来也不匀称。一个大块头的男人穿衣服一定得注意，以免显得太笨重。

布兰琪：

你块头不算太大。

米奇：

你觉得不大？

布兰琪：

你当然不是那种纤瘦型的。你骨架子很大，体格也很强壮。

米奇：

谢谢你。去年的圣诞节，我得到了新奥尔良的健身俱乐部的会员资格。

布兰琪：

哦，好呀。

米奇：

这是我得到的最好的礼物。我在那儿锻炼身体，做负重训练，游泳，健身。我刚开始锻炼的时候，腹部还软绵绵的，可现在甭提多结实了。就算一个大男人冲我的腹部打上一拳也伤不到我。来，打我一拳！打打看！瞧见了？（她轻轻捅了他一下。）

布兰琪：

天哪。（她手摸着自己的胸部。）

米奇：

猜猜看我有多重，布兰琪？

布兰琪：

哦，我得说大概有—— 一百八？

米奇：

再猜。

布兰琪：

没那么重？

米奇：

不。轻了。

布兰琪：

噢，你个头高，体重重一些也不显粗笨。

米奇：

我体重有两百零七磅，赤脚有六英尺一英寸半高——脱了鞋量的。体重也是脱光衣服称的。

布兰琪：

哦，我的天！真厉害。

米奇（不好意思）：

老谈我的体重真是挺无趣的。（犹豫了一会儿）你体重有多少？

布兰琪：

我的体重？

米奇：

是呀。

布兰琪：

猜猜！

米奇：

我举举你看。

布兰琪：

大力士参孙！来吧，举举我。（他到她背后，拦腰抱住她，轻轻举离了地面）怎么样？

米奇：

你轻得就像是羽毛。

布兰琪：

哈—哈！（他把她放下来，两只手仍然搂着她的腰。布兰琪假作端庄地说）你现在可以放开我了。

米奇：

啊？

布兰琪（高兴地）：

我说放手吧，先生。（他笨手笨脚地抱住她。她语气中带有温和的责备）我说，米奇，你不能就因为斯坦利和斯黛拉不在家，举止行为就不像个绅士了呀。

米奇：

我一旦越了界，就给我一巴掌好了。

布兰琪：

没这个必要。你天生就是个绅士，像你这样的绅士这世上也真是所剩无几了。我不想让你觉得我是个古板守旧的老处女或者是女学究之类的。只不过——咳——

米奇：

姆？

布兰琪：

我想我不过是有些——老派的理想！（她转了转眼珠子，知道他看不见她的脸。米奇走向前门。两人之间沉默了好一会儿。布兰琪叹了口气，米奇不自在地咳了几声。）

米奇（终于打破沉默）：

斯坦利和斯黛拉今晚上干吗去了？

布兰琪：

出去玩儿了。跟楼上的哈贝尔先生和太太一起。

米奇：

去哪儿了？

布兰琪：

我想他们是打算去罗伊国立剧院看午夜的电影预演。

米奇：

咱们应该找个晚上一起出去玩玩。

布兰琪：

不。这主意不怎么好。

米奇：

这话怎么说？

布兰琪：

你是斯坦利的老朋友了吧？

米奇：

我们在二四一部队的时候就是战友。

布兰琪：

他对你应该是无话不谈喽？

米奇：

那是。

布兰琪：

他跟你说起过我吗？

米奇：

哦——说得不多。

布兰琪：

听你的口气，我怀疑他没少说。

米奇：

不，确实没怎么说。

布兰琪：

不过据他所说的，你觉得他对我的态度如何？

米奇：

干吗要问这个？

布兰琪：

噢——

米奇：

你跟他合不来？

布兰琪：

你觉得呢？

米奇：

我觉着他不了解你。

布兰琪：

你这么说是太委婉了。要不是斯黛拉就要生宝宝了，我是绝对无法忍受下去的。

米奇：

他对你——不怎么好？

布兰琪：

他粗鲁得让人无法容忍。他是故意地找茬欺负我。

米奇：

他怎么欺负你的，布兰琪？

布兰琪：

嚯，他真是无所不用其极。

米奇：

我可真没想到。

布兰琪：

真的？

米奇：

噢，我——真没想到有谁会对你粗鲁无礼。

布兰琪：

我的处境真是太可怕了。你瞧，在这里根本就没有任何隐私可言。到了晚上，这两个房间就靠这么块布帘子挡着。他晚上穿着内衣裤就这么大模大样地进进出出。他在浴室里的时候我得特意请他记得把浴室的门关上。这一类的粗鲁无礼根本就没有必要。你或许要问，那我干吗还赖在这里。噢，我跟你实话实说了吧。当老师的那点薪水也就仅够她的日常用度。去年我一个子儿都没能攒下来，所以不得不到这儿来度夏。就因为这个我就必须得毫无怨言地忍受我妹夫的无礼。而他也不得不忍受我的存在，虽说他有一百个不情愿。……他肯定已经告诉过你他有多么恨我了！

米奇：

我不认为他恨你。

布兰琪：

他恨我。否则他干吗要侮辱我？我看到他的第一眼，我就对自己说，这个人就是我的刽子手！这个人会毁了我，除非——

米奇：

布兰琪——

布兰琪：

什么，亲爱的？

米奇：

我能问你个问题吗？

布兰琪：

好呀。什么？

米奇：

你多大了？

（她现出紧张的神情。）

布兰琪：

你为什么想知道这个？

米奇：

我跟我妈说起你，她问我，“布兰琪多大了？”我没办法告诉她。（又一阵沉默。）

布兰琪：

你跟你母亲说起过我？

米奇：

是呀。

布兰琪：

为什么？

米奇：

我告诉妈妈你有多好，还有我喜欢你。

布兰琪：

你这话是当真？

米奇：

你知道我绝无戏言。

布兰琪：

你母亲为什么想知道我的年龄？

米奇：

妈妈病了。

布兰琪：

我很难过。很重吗？

米奇：

活不长了。也许就几个月了。

布兰琪：

哦。

米奇：

她担心我到现在还没成家。

布兰琪：

哦。

米奇：

她希望看着我成了家，她才——（嗓音嘶哑，一连清了两次嗓子，紧张不安地踱着圈子，双手不断地插进口袋又拿出来，不知道该往哪儿放。）

布兰琪：

你很爱她，对吗？

米奇：

对。

布兰琪：

我看你是真有爱心。她去世以后你会很孤单，对吗？（米奇清了清嗓子，点点头。）我知道那种滋味。

米奇：

你说孤单？

布兰琪：

我也爱过一个人，而我失去了我爱的那个人。

米奇：

死了？（她走到窗前，坐在窗台上往外看。她又给自己倒了杯酒。）是个男的？

布兰琪：

他还是个男孩子，不过是个孩子，当时我也只是个小姑娘。我在十六岁的时候，我有了个重大发现——我发现了爱。它在突然间到来，又得到完全彻底的呈现，太彻底了。就好像你突然间把一盏雪亮的探照灯转向某个一直处在半明半暗当中的物体，我的世界就像是这样子被突然照亮。可是我很不幸。我被蒙蔽了。那个男孩有些与众不同，他很神经质，他柔弱他温柔，不像是个男人，虽说他一点都不娘娘腔——不过——那种特质还是存在的……他到我身边是求救来的。我当时并不知道。我一直都一无所知，一直到我们结了婚，等我们先是私奔然后又回来，我只知道我莫名所以地让他失了望，我不能给他他需要但又说不出口的救助！他陷入了流沙，又拽住了我——可我没有把他拉出来，却跟他一起陷了进去！当时我并不知道这一点。我只知道我爱他爱到我难以承受，却既不能救他也不能自救。后来我才发现了真相。发现的方式糟糕到无以复加。那天我突然走进一个我本以为空无一人的房间——其实并非空无一人，有两个人在里面……我嫁的那个男孩和一个比他年长的男人，他多年的老朋友……

（外面一个火车头驶近的声音。她用双手捂住耳朵，蹲下身来。火车头隆隆驶过时，刺眼的车灯将室内照得一片雪亮。车声渐远以后她才慢慢直起身体，继续讲下去。）

事后，我们都假装什么事都没发生。是的，我们仨一起驾车去了月亮湖赌场，喝得酩酊大醉，一路上都笑个没完。

（波尔卡舞曲声响起，远远的似有若无的小调波尔卡。）

我们跳起了瓦瑟维扬纳[1]！舞跳到一半时，我嫁的那个男孩突然间把我扔下，跑出了赌场。过了一会儿——一声枪响！

（波尔卡舞曲骤然停歇。

（布兰琪僵僵地站起身。然后，波尔卡舞曲再度以大调奏响。）

我跑出去——所有的人都跑了出去！——都跑到湖边围住那个可怕的东西！我都挤不进去。然后有人抓住

① 一首著名的经典波尔卡舞曲。

了我的胳膊。“别往前挤了！回去！你绝对不想看的！”看？看什么！然后我听到大家都在说——艾伦！艾伦！那个阴郁的男孩！他把左轮枪伸到嘴里，开了枪——所以他的后脑勺都整个被——轰掉了！

（她摇摇晃晃，捂住了脸。）

那是因为——在舞池里——我一时克制不住——突然说——“我看见了！我明白了！你让我觉得恶心……”然后，那盏曾照亮了世界的探照灯再度熄灭了，而且从那以后就再也没有过比这个——厨房的——蜡烛头更加明亮的灯火……

（米奇尴尬地站起来，朝她挪近了一步。波尔卡音乐渐强。米奇站在她身边。）

米奇（缓缓地把她拉入怀中）：

你需要一个人。我也需要个人。可不可以——你和我，布兰琪？

（她视而不见地凝视了他一会儿。然后轻叫一声，投入他怀抱。她哽咽着想说话，可是终究语不成声。他吻了她的前额，她的眼睛，最终吻到她的嘴唇。波尔卡的曲调渐渐消歇。她的呼吸先是拉长，然后终于放松为长长的、感激的啜泣。）

布兰琪：

有时候——上帝有眼——这么快！

第七场

九月中旬的傍晚时分。

分隔房间的布帘拉开了，桌上准备了生日晚餐，有蛋糕和鲜花。

斯黛拉在忙着最后的布置，斯坦利进来。

斯坦利：

这些东西都是干吗的？

斯黛拉：

亲爱的，今天是布兰琪的生日。

斯坦利：

她在吗？

斯黛拉：

在浴室呢。

斯坦利（嘲弄地模仿）：

“把某些东西洗掉”？

斯黛拉：

我想是吧。

斯坦利：

她在里面待了多久了？

斯黛拉：

整个下午。

斯坦利（嘲弄地模仿）：

“泡在热水浴缸里”？

斯黛拉：

是的。

斯坦利：

气温不多不少都一百度了，她还把自己泡在热水浴缸里。

斯黛拉：

她说这能让她在晚上凉快下来。

斯坦利：

我猜你又该跑出去给她买可乐了吧？还要伺候浴缸里的女王陛下享用？（斯黛拉耸耸肩）过来坐下听我说。

斯黛拉：

斯坦利，我还有事要做呢。

斯坦利：

坐下！我已经把你这位显赫大姐的底细都摸清楚了，斯黛拉。

斯黛拉：

斯坦利，别再总是跟布兰琪过不去了。

斯坦利：

这女人还说我粗俗！

斯黛拉：

最近你总是想方设法找她的茬儿，跟她过不去，斯坦利，而布兰琪又很敏感，你得明白，布兰琪和我生长的环境跟你是很不一样的。

斯坦利：

这个你早就说过了。而且反反复复说了不知有多少遍了！你知道她跑到这儿来一直都跟咱们谎话连篇吗？

斯黛拉：

不，我不知道，而且我也——

斯坦利：

嚯，可她确实是谎话连篇。不过事到如今已经是纸里包不住火了！我发现了一些情况！

斯黛拉：

什么——情况？

斯坦利：

我早就起了疑的情况。不过我现在已经从最可靠的来源得到了证据——我也已经都核查过了！

（布兰琪在浴室里唱起一首甜腻的流行歌，正好跟斯坦利的话两两对应。）

斯黛拉（对斯坦利）：

小声点！

斯坦利：

真是只金丝雀，哈！

斯黛拉：

现在请你安安静静地告诉我，你认为你已经发现了我姐姐的什么情况。

斯坦利：

第一号弥天大谎：她装出来的这套洁癖！你真该听听她喂给米奇的那套说辞。他还以为她迄今为止最多也不过被某个男人吻过而已！可是布兰琪修女可绝非什么纯洁无瑕的百合花！哈—哈！她倒是另一种百合花！

斯黛拉：

你都听到了些什么？又是听谁说的？

斯坦利：

我们厂里的供销员多年来一直都在劳雷尔转悠，他对你这位姐姐的底细了如指掌，而且劳雷尔全镇上下的居民也都对她了如指掌。她在劳雷尔可是个大名人，名气不下于合众国总统，只不过谁都不会尊重她罢了！这个供销员就宿在一家叫做火烈鸟的旅馆里。

布兰琪（愉快地唱道）：

“嘿，这不过是个纸月亮，掠过一个硬纸板的海洋——可你只要肯相信我，它就不再是个幻景！”

斯黛拉：

这个——火烈鸟旅馆怎么了？

斯坦利：

她也住那儿。

斯黛拉：

我姐姐住在贝拉里夫。

斯坦利：

这是在你们家祖宅从她那百合一般洁白的手指缝里溜走以后的事儿！她就搬进了“火烈鸟”！一家二流宾馆，唯一的好处就是不干涉住客的私人社交生活！这家“火烈鸟”对一切行径早都见怪不怪了。可是就连“火烈鸟”的管理层都对布兰琪夫人印象深刻！事实上，他们对布兰琪夫人的印象太过深刻了，他们只能要求她交出房间的钥匙——永远不得入住！这事儿就发生在她出现在这儿的一两个礼拜前。

布兰琪（唱）：

“这是个巴纳姆和贝利[①]的世界，要多假就有多假——
可你只要肯相信我，它就不再是个幻景！”

斯黛拉：

多么——卑鄙的——谎言！

斯坦利：

当然，我就知道你会气不忿的。她就这么把你当猴儿耍，也耍弄了米奇！

斯黛拉：

纯属信口雌黄！这里面没有一个字是真的，我要是个男人，而这家伙如果胆敢当着我的面信口雌黄——

---

① 著名的“巴纳姆和贝利马戏团”的创办者。

布兰琪（唱）：

“没有了你的爱，
就只能在下等酒吧里胡混！
没有了你的爱，
就只能在廉价游乐场里解闷……”

斯坦利：

亲爱的，我告诉过你这些故事都经过了我的彻底核查！你先听我把话说完。布兰琪夫人的麻烦就在于她再也没办法在劳雷尔故伎重演了！人家跟她约会上个两三次以后也就学聪明了，不再陪她玩儿了，然后她又再去勾搭下一位，还是老一套说辞，老一套伎俩，老一套花言巧语！可是那个镇实在是太小了，她这一套迟早要穿帮！日子一长，她就成了镇子上的名人。人家就不光当她是特立独行，而是把她认作了彻头彻尾的神经病——失心疯！

（斯黛拉退缩了一下。）

最近这一两年来，大家更是当她毒药一般避之唯恐不及。正因为这个她今年夏天才来到咱们这儿，堂而皇之、装模作样地来走亲戚——真正的原因是镇长通知她滚蛋！没错，你知道劳雷尔附近有个兵营吗？你姐姐的住处就成了另一处“严禁入内”的禁地！

布兰琪：

“这不过是个纸月亮，要多假就有多假——
可你只要肯相信我，它就不再是个幻景！”

斯坦利：

好了，关于她假扮成这么个高雅特别的女人，就说这些。下面咱们再说说她的第二号弥天大谎。

斯黛拉：

我不想再听了！

斯坦利：

她不会再回去教书啦！事实上我敢打赌，她都再也不会有重返劳雷尔的念头了！她根本就不是因为神经衰弱暂时从中学辞职的！不，先生，才怪呢！她可不是什么辞职。她是在春季学期还没结束的时候被踢出那所高中的——我真不想告诉你人家把她扫地出门的真正原因！一个十七岁大的男孩子——她就跟这么个孩子鬼混！

布兰琪：

“这是个巴纳姆和贝利的世界，要多假就有多假——”

（浴室里水流声很响；上气不接下气的小声喊叫和咯咯的欢笑，像是个孩子在浴缸里嬉闹。）

斯黛拉：

这真叫人——恶心！

斯坦利：

男孩的老爸知道以后就跟学校的校长进行了交涉。嚯，好家伙，布兰琪夫人给叫到校长办公室的时候，我真希望自己也能在场！我真想亲眼看看她是如何局促不安，怎么开脱狡辩的！不过他们已经把她抓了个正着，她也知道大势已去，无可挽回了！他们告诉她最好还是迁往某个谁都不认识她的地方。没错，实际上也就等于全镇都通过了针对她的驱逐令！

（浴室的门开了，布兰琪把头探出来，头发用毛巾裹着。）

布兰琪：

斯黛拉！

斯黛拉（有气无力地）：

什么，布兰琪？

布兰琪：

再给我拿条浴巾来擦头发。我洗了头。

斯黛拉：

好的，布兰琪。（她拿了条毛巾从厨房恍恍惚惚地走向浴室。）

布兰琪：

出什么事了，亲爱的？

斯黛拉：

事？什么事？

布兰琪：

你脸上的表情可真够怪的！

斯黛拉：

哦——（她努力想笑笑）我想我是有点累了！

布兰琪：

你干吗不也洗个澡？我马上就出来了。

斯坦利（从厨房里喊道）：

这个马上到底有多久？

布兰琪：

不会太久了！耐心地控制一下你的精神！

斯坦利：

我担心的不是我的精神，是我的肾！

（布兰琪砰地把门关上。斯坦利粗声大笑。斯黛拉慢吞吞地回到厨房。）

斯坦利：

嘿，你觉得怎么样？

斯黛拉：

所有的这些故事我一概不信，我觉得你的那位供销员传播这些故事非常卑鄙、恶毒。他讲的这些事情可能有些部分是事实。我姐姐的行事做派有些我也并不赞同——她也给家里带来过痛苦。她总是那么——反复无常！

斯坦利：

反复无常！

斯黛拉：

可她年轻，非常年轻的时候，她嫁给了一个写诗的男孩……他长得真是绝世无双。我想布兰琪不单单是爱他，她简直连他踩过的地面都膜拜不已！她那么崇拜他，觉得他实在是完美得不像是个凡人！可是后来她发现——

斯坦利：

发现什么？

斯黛拉：

这个美丽超群又天姿卓绝的年轻人竟是个变态。难道你的供销员没有给你提供这个信息？

斯坦利：

我们讨论的都是近些年的历史。那肯定是很长时间以前的事儿了。

斯黛拉：

是的，那是——很长时间以前了……

（斯坦利走上前来，相当温柔地搂住她的肩膀。她轻轻地脱开。她开始相当机械地往生日蛋糕上插粉红的小蜡烛。）

斯坦利：

蛋糕上要插几根蜡烛？

斯黛拉：

插到二十五根就算数。

斯坦利：

有客人要来吗？

斯黛拉：

我们请了米奇过来吃蛋糕和冰淇淋。

（斯坦利的表情略有些不自在。他用刚抽完的烟头又点了根烟。）

斯坦利：

我觉得米奇今晚上不会过来了。

（斯黛拉停下手里插蜡烛的活儿，慢慢地转过身看着斯坦利。）

斯黛拉：

为什么？

斯坦利：

米奇是我的铁哥们儿。我们是同一个部队的战友——二四一工程兵部队。我们又在同一个工厂里做工，现在还在同一个保龄球队打球。你以为我还会有脸见他吗，要是我眼看着他——

斯黛拉：

斯坦利·科瓦尔斯基，你——你把这些话都——？

斯坦利：

你他妈算是说对了，我全都告诉了他！我要是在一切都心知肚明的情况下还让我最好的朋友去受骗上当，那我下半辈子良心都甭想踏实！

斯黛拉：

米奇是不是跟她吹了？

斯坦利：

换了你，你难道不会——？

斯黛拉：

我说，米奇是不是跟她吹了？

（布兰琪的歌声再度高扬，如银铃般安详。她唱道："可你只要肯相信我，它就不再是个幻景。"）

斯坦利：

我觉得他没必要跟她吹——只要放聪明点就行！

斯黛拉：

斯坦利，她以为米奇已经——打算——打算娶她了，我也希望能这样。

斯坦利：

噢，他可不打算再娶她了。也许有过这种打算，可他现在可不打算往游着一大群鲨鱼的水池里跳了！（起身）布兰琪！哦，布兰琪！请问我能否用一下我的浴室？（片刻的停顿。）

布兰琪：

当然，没问题，先生！你能不能再等上个一秒钟让我把身体擦干？

斯坦利：

已经等了一个钟头了，一秒钟应该还熬得住。

斯黛拉：

她把工作也给丢了？唉哟，她可怎么办呀！

斯坦利：

过了星期二她就不会待在这儿了。这一点你也清楚的吧？为了以防万一，我亲自给她买了票。长途汽车票。

斯黛拉：

首先，布兰琪根本就不会坐公共汽车。

斯坦利：

她会坐，而且会喜欢上公共汽车的。

斯黛拉：

不，她不会，不，她不会的，斯坦利！

斯坦利：

她一定会走！句号。又及：她星期二就走。

斯黛拉（缓慢地）：

她——该——怎么办？她到底该——怎么办！

斯坦利：

她的未来已经都为她规划好了。

斯黛拉：

你这话什么意思？

（布兰琪唱。）

斯坦利：

嘿，金丝雀！宝贝儿！给我从**浴室**里**滚**出来！

（浴室的门猛地打开，布兰琪开心地大笑着走出来，可是当斯坦利从她身边走过时，她脸上重又现出害怕甚至恐慌的神色。他正眼都没看她，走进浴室后砰地把门摔上。）

布兰琪（抓起一把梳子）：

哦，洗了这么个长长的热水浴可真叫舒服，我觉得真舒服，真爽快——真惬意！

斯黛拉（又难过又怀疑地从厨房里）：

是吗，布兰琪？

布兰琪（起劲地梳着头发）：

是呀，一点没错，感觉真是焕然一新！（把装高杯酒[①]的玻璃杯碰得叮当响。）洗个热水澡，再畅饮一大杯清凉饮料能让你的人生观都焕然一新！（她站在两块布帘之间，打量着斯黛拉，手里的梳子慢慢停了下来）肯定出了什么事儿！——到底怎么了？

斯黛拉（迅速背过身去）：

咳，哪有什么事儿，布兰琪。

布兰琪：

你撒谎！肯定有事儿！

（她恐惧地紧盯着假装在忙着布置饭桌的斯黛拉。远处的钢琴声骤然止歇。）

① “高杯酒”（highball）是美国一种特有的说法，用威士忌或白兰地等高度酒掺水或汽水后再加冰块调配而成。

第八场

三刻钟以后。

大窗外面的景色渐渐沉入寂静、金色的黄昏。一束阳光照耀着朝向商业区的空地上摆放的一个巨大水箱或是油桶的一侧，商业区的昏暗被点点亮灯或是反射了西斜暮光的窗户刺破。

三个人即将吃完那顿乏味之极的生日晚餐。斯坦利面色阴沉。斯黛拉既局促不安又黯然神伤。

布兰琪憔悴的脸上挂着一抹紧张而又不自然的微笑。桌边第四个人的座位一直空在那里。

布兰琪（突然道）：

斯坦利，给我们讲个笑话，给我们讲个滑稽故事逗大家都笑笑。我也不知道这是怎么了，咱们都这么阴沉着脸。是因为我被情郎放了鸽子？

（斯黛拉无力地笑笑。）

我这辈子跟男人的交往当中，这还是头一次被人放鸽子！我交往过的男人可不算少了。哈一哈！我真不知道该怎么接受……给我们讲个滑稽的小故事，斯坦利！帮我们度过这一关。

斯坦利：

我还以为你不喜欢我的小故事呢，布兰琪。

布兰琪：

只要故事有趣又不失体面，我就喜欢。

斯坦利：

高雅得能配上你的趣味的故事我可讲不来。

布兰琪：

那我来讲一个吧。

斯黛拉：

就是呀，你来讲一个，布兰琪。你向来都有很多好故事讲的。

（乐声渐歇。）

布兰琪：

让我想想看，嗯……我得先过一遍我的保留节目单！哦，对了——我特别喜欢那些讲鹦鹉的故事！你们都喜欢鹦鹉故事吗？好嘞，这一个讲的是老处女跟鹦鹉的故事。有这么个老处女，她养了只鹦鹉，满口脏话，滔滔不绝，知道的村野粗话比科瓦尔斯基先生还多！

斯坦利：

哈。

布兰琪：

而唯一能让这只鹦鹉闭嘴的办法就是把鸟笼的罩布盖上，这么一来它就以为到了晚上，该睡觉了。且说，有天早上，老处女刚刚把鸟笼的罩布揭开迎接新一天的到来——她往外一看，但见教区牧师出现在门前的走道上！她于是赶紧跑回去先把鸟笼罩上，然后才请牧师进门。那只鹦鹉纹丝不动，一声儿不出，就像只耗子一样安静，可就在老处女询问牧师要在咖啡里搁多少糖时——那鹦鹉突然大声打破了沉默——（她吹了个口哨）——它说——“他娘的，这一天也忒短了！”

（她仰面大笑。斯黛拉也勉强装出觉得好笑的样子。斯坦利根本就没费心去听，伸手越过桌面用叉子去叉剩下的排骨，然后直接用手拿着大嚼起来。）

布兰琪：

科瓦尔斯基先生显然不觉得好笑。

斯黛拉：

科瓦尔斯基先生正忙着像头猪猡一样贪吃呢，哪里还有时间操心别的事儿！

斯坦利：

这话说得没错，宝贝儿。

斯黛拉：

瞧瞧你那张脸，你那双手，油渍麻花得真叫人恶心。快去洗洗，然后帮我收拾桌子。

（他把一个盘子扔到了地上。）

斯坦利：

这就是我收拾桌子的办法！（他抓住她的胳膊）再也不许这么跟我讲话！什么“猪猡——波兰佬——恶心——粗野——油渍麻花”！——这类屁话你跟你姐姐说得未免太

多了些！你们以为自己是谁？一对王后？记得休伊·朗[①]是怎么说的——“每个男人都是一个国王！”而我就是这里的国王，可别忘了这一点！（他又把一个茶杯和茶托儿摔到了地上）我的位子收拾好了！要我也把你们的位子收拾一下吗？

（斯黛拉开始无力地哭泣。斯坦利大踏步走到门廊，点了根烟。

（从街角传来黑人乐队的乐声。）

布兰琪：

我在洗澡的时候出了什么事？他跟你说了什么，斯黛拉？

斯黛拉：

没事，没事，什么事都没有！

布兰琪：

我看他肯定说过什么米奇和我的事儿！你知道米奇为什么会爽约可你不肯告诉我！（斯黛拉无力地摇摇头）我这就打电话给他！

斯黛拉：

换了我就不给他打电话，布兰琪。

布兰琪：

我给他打，我这就给他打电话。

---

① 休伊·朗（1893—1935），美国政治家，曾任参议员和路易斯安那州州长。提出公共工程计划和福利法案，反对富人拥有过分特权。参议员任内提出分享财富计划，被暗杀。

斯黛拉（痛苦地）：

我希望你还是不要给他打。

布兰琪：

我需要有人给我做出解释！

（她冲向卧室的电话。斯黛拉走到门廊里，责怪地瞪着她丈夫。他哼了一声，扭头不理她。）

斯黛拉：

希望你为自己的所作所为感到高兴。我这辈子都从没像今天晚上这顿饭这么难以下咽，眼睁睁地看着那位姑娘的脸和那把空椅子！（悄声哭泣。）

布兰琪（打电话）：

喂。米切尔先生，请你……哦……如果可以的话我想留个号码。木兰局9047。告诉他有要紧的事找他……是的，非常要紧……谢谢。（她仍旧留在电话机旁，一脸茫然若失又被吓坏了的表情。）

（斯坦利慢慢转身面向妻子，笨手笨脚地把她拥入怀中。）

斯坦利：

斯黛拉，等她走了，等你把宝宝生下来以后，一切就会好起来的。咱们之间也会跟从前一样要好。你记得咱们原来的情形吗？咱们一起度过的那些夜晚？上帝啊，宝贝儿，咱们又能像从前那样在夜里想怎么闹腾就怎么闹腾，还要把那些彩灯都点起来，再没有什么人的姐姐躲在帘子后头偷听了，那该有多好！

（他们楼上的邻居发出一阵大笑，也不知是在笑什么。斯坦利也扑嗤一笑。）

斯蒂夫跟尤妮斯在……

斯黛拉：

进屋吧。（她回到厨房，开始在雪白的蛋糕上点燃彩烛。）布兰琪？

布兰琪：

哎。（她从卧室回到厨房的桌子旁。）哦，多么，多么漂亮的小蜡烛！哦，别点了，斯黛拉。

斯黛拉：

当然要点。

（斯坦利也回来了。）

布兰琪：

你们该留着蜡烛给宝宝过生日的时候点。哦，我希望他的一生都有生日蜡烛闪耀，我希望他的眼睛就像是蜡烛，像是两支蓝色的蜡烛点亮在雪白的蛋糕上！

斯坦利（坐下）：

多有诗意！

布兰琪（她沉思默想了片刻）：

我不该给他打电话。

斯黛拉：

什么事儿都有可能发生呀。

布兰琪：

这种事是不能原谅的，斯黛拉。我不能忍受侮辱。我不能让人家拿我不当一回事。

斯坦利：

他妈的，浴室里的蒸汽熏得这里热死了。

布兰琪：

我已经说过三遍对不起了。（钢琴声淡出。）我洗热水澡是为了安抚我的神经。他们管这个叫水疗法。你这种身体健康的波兰佬，体内连一根神经都没长，你当然不会知道神经焦虑是怎么回事！

斯坦利：

我不是什么波兰佬。从波兰来的人叫波兰人，不是什么波兰佬。我可是百分百的美国人，出生、成长在这个地球上最伟大的国家，而且他妈的引以为傲，所以别再叫我波兰佬。

（电话铃响起。布兰琪满怀期待地站起来。）

布兰琪：

哦，这是找我的，我敢肯定。

斯坦利：

我可不敢肯定。乖乖坐着。（他不慌不忙地前去接电话。）喂。啊，是我，你好，麦克。

（他靠在墙上，侮蔑地盯着布兰琪。她满怀恐惧地坐回到椅子上。斯黛拉伏下身来，抚摸着她的肩膀。）

布兰琪：

哦，把手拿开吧，斯黛拉。你怎么了？干吗用那么怜悯的眼光看我？

斯坦利（咆哮）：

给我闭嘴！——我这儿有个喜欢吵吵的老娘们。——继续说，麦克。在瑞利球场？不，我不想在瑞利打球。上礼拜我跟瑞利有些小过节。我是球队的队长，是不是？那好，我们就不去瑞利打球，我们去西区或者节庆球场！好吧，麦克。回见！

（他挂上电话，回到餐桌旁。布兰琪竭力控制住自己，大口喝着杯子里的水。他并没有看她，把手伸进口袋里往外掏一样东西。然后他假作亲切地放慢语速。）

布兰琪修女，我有样小小的生日礼物要送给你。

布兰琪：

哦，是吗，斯坦利？真没想到，我——我不知道斯黛拉干吗要给我庆什么生日！我倒宁肯把它给忘了——当你——已经二十七岁的时候！咳——年龄就成了个你宁可——扭头回避的话题！

斯坦利：

二十七？

布兰琪（飞快地）：

这是什么？是给我的？

（他把一个小信封递给她。）

斯坦利：

是的，希望你能喜欢！

布兰琪：

哎，哎——啊？这是——

斯坦利：

一张车票！回劳雷尔的车票！“灰狗”长途汽车票！星期二！

（瓦瑟维扬纳舞曲音乐轻柔地摸进，继续演奏下去。斯黛拉猛地起身，背过脸去。布兰琪努力想微笑，进而又想大笑，可终究放弃了伪装，从桌旁一跃而起，跑进了里间。她紧紧捏住咽喉又跑进了浴室。传来咳嗽和呕吐的声音。）

哎哟！

斯黛拉：

你没必要干得这么绝。

斯坦利：

别忘了我把她赶走都是为了什么。

斯黛拉：

你也没必要对她这么个孤苦伶仃的人这么残忍吧。

斯坦利：

她太娇弱了。

斯黛拉：

她现在、过去都很娇弱。你不知道布兰琪小姑娘时候的样子。天底下没有任何人，没有任何人比她更加温柔，更加轻信人的了。可是就是你这样的人伤害了她、侮辱了她，逼得她不得不变了。

（他走进卧室，脱下衬衣，换上颜色鲜艳的丝质保龄球衫。她跟在他后头。）

你现在就要去打保龄球？

斯坦利：

当然了。

斯黛拉：

你不能去打保龄球。（她拽住他的球衫）你为什么要这么对待她？

斯坦利：

我没对任何人做任何事。放开我的球衫。你都把它给扯破了。

斯黛拉：

我想知道为什么。告诉我到底为什么。

斯坦利：

咱俩刚认识的时候，你就觉得我粗俗。你的看法一点儿都没错，宝贝儿。我就像泥土一样粗俗。你给我看那张到处都是廊柱的庄园的照片。我把你从那些柱子上拽了下来，你当时是多么欢喜，咱们还点上了彩灯！咱们原来在一起不是很快活吗，在她出现在这儿之前，咱们不是一直都很要好吗？

（斯黛拉微微动了一下。她的注意力突然一下子转向内心，就仿佛体内有个声音在喊她的名字。她开始慢吞吞地拖拉着脚步从卧室向厨房挪动，先是半扶半靠着椅子背，然后是桌子边，目光茫然，一副小心倾听的神情。斯坦利把球衣穿好，并没有意识到她的反应。）

咱们在一起不是很快活吗？不是很要好吗？一直到她出现在这里。傲慢无礼、装腔作势，把我说成是个类人猿。（突然注意到斯黛拉的变化）嘿，怎么啦，斯黛尔？（他朝她走去。）

斯黛拉（平静地）：

送我去医院。

（他来到了她身旁，用一只胳膊扶着她，一起走出门去，一面喃喃地说着些不知所云的话。）

第九场

当晚略晚些时候。布兰琪坐在卧室的一把椅子上，紧紧地缩成一团。她已经在椅子上罩上了绿白条子的斜纹布椅套。她身上换上了那件猩红的缎子睡袍。椅子旁边的桌子上摆着酒瓶和酒杯。传来迅急、狂热的波尔卡舞曲，正是“瓦瑟维扬纳”。舞曲是在她头脑中奏响；她喝酒正是为了逃避这首舞曲，摆脱紧紧包围住她的大难临头的预感，而她同时又像是在哼唱着歌词。电风扇摆着头来回吹动着她。

米奇转过街角，身上仍穿着工作服：蓝色工装衣裤。他胡子都没刮。他爬上台阶按响了门铃。布兰琪吓了一跳。

布兰琪：

请问是哪位？

米奇（粗声道）：

我。米奇。

（波尔卡舞曲消歇。）

布兰琪：

米奇！——等一小会儿。

（她发疯似的乱转，把酒瓶藏在壁橱里，对镜蹲下，往脸上搽了点古龙水和香粉。她兴奋不已，来回跑动时喘气声都清晰可闻。最后她冲进厨房去开门，让他进来。）

米奇！——你知道，今晚你竟然这么对待我，我真不该放你进来！竟然完全不顾骑士风度！不过你好，美男子！

（她主动把嘴唇凑上去。他却置之不理，推开她走进房间。他大踏步朝卧室走去，她则满面惊恐地在后面望着他。）

哎呀，哎呀，多么冷冰冰的肩膀！多么笨拙的衣着！咳，你连脸都没刮！这对一位淑女简直是不可原谅的无礼！不过我宽恕你。我宽恕你，因为我只要一见到你就会无比安慰。你把我头脑当中挥之不去的那波尔卡舞曲给叫停了。你头脑中可曾有过什么东西纠缠过你？没有，你当然不会有这种烦恼，你这个迟钝的天使小猫咪，你脑袋里从来就没有过什么可怕的东西缠住你不放！

（她跟着他、跟他说话的整个过程中，他都紧盯着她。显然他在过来的路上已经喝了好几杯了。）

米奇：

咱们一定得开着风扇吗？

布兰琪：

当然不必！

米奇：

我不喜欢风扇。

布兰琪：

那咱们就把它给关了，亲爱的。我对风扇可没什么偏袒！

（她按了下开关，电扇点着头慢慢不转了。米奇扑通一声倒在卧室的床上，还点了根烟，她不自在地清了清嗓子。）

不知道家里有什么喝的。我——还没好好调查调查呢。

米奇：

我不要喝斯坦的酒。

布兰琪：

这不是斯坦的。这里的一切都不是斯坦的。家里的有些东西实际上是我的！你母亲怎么样了？你母亲好了吗？

米奇：

干吗？

布兰琪：

今晚上出了什么事吧？不过没什么。我可不想盘问当事人。我只不过——（她茫茫然抚摸着额头。波尔卡的曲调再度响起。）——假装我没注意到你有任何的不同！那——音乐又……

米奇：

什么音乐？

布兰琪：

那“瓦瑟维扬纳”！就是在他们演奏这首波尔卡曲子时，艾伦——等一下！

（远处传来一声左轮枪的枪响。布兰琪像是松了口气。）

你听，那声枪响！枪响以后它也就停了。

（波尔卡舞曲再度消歇。）

没错，现在它停了。

米奇：

你是不是给人家一拳打懵了？

布兰琪：

我去看看能不能找到点——（她走进壁橱，假装四处找那瓶酒。）哦，说起来了，你得原谅我这么衣衫不整的。可我事实上已经对你绝了望！你忘了过来吃晚饭的邀请吗？

米奇：

我再也不想见到你了。

布兰琪：

等一下。我听不见你在说什么，你轻易都不开金口，等你终于开了金口，我真是连一个音节都不舍得错过……我到这儿来找什么来着？哦，对了——酒！今晚上这里实在是太热闹了，我确实是被打懵了！（她假装突然找到了那瓶酒。他把脚抬起来搁到床上，侮蔑地紧盯着她。）这儿还有些。“南方解忧”[1]！这到底是什么呢？真奇怪。

米奇：

你如果不知道，那一定是斯坦的东西。

布兰琪：

把脚从床上放下来。床单的颜色不耐脏。当然你们这些小伙子是不会注意这些事儿的。自打我来了以后，我已经为这里做了很多改变了。

米奇：

这个我敢打包票。

布兰琪：

我来之前你都见到过的。喏，看看现在的样子！这个房间差不多算是——有品味了！我要让它保持下去。我不知道这酒是不是该掺点什么喝？呣——，是甜的，真甜！实在是甜得，发了腻！咳，这是种利口酒呢，我相信！没错，确实是一种利口酒！（米奇哼了一声。）我恐怕你不会喜欢，不过还是尝尝吧，没准儿你会喜欢呢。

米奇：

我已经告诉过你我不想再喝他一滴酒，我说到做到。你也不该去碰他的酒。他说你这整个夏天都像只野猫似的舔他的酒！

---

① “南方解忧”（Southern Comfort）是美国生产的一种用波本威士忌配制而成的利口酒，其中加有桃子等水果成分。

布兰琪：

这可真是天方夜谭！他说来是天方夜谭，你竟然还重复他的天方夜谭！我都懒得自降身份去回应这么低级的凭空诬蔑！

米奇：

哈。

布兰琪：

你心里在想什么？我从你眼睛里看出了点苗头。

米奇（起身）：

这里太黑了。

布兰琪：

我喜欢这里的黑。黑暗对我是一种抚慰。

米奇：

我觉得我都从没在亮光底下看到过你。（布兰琪笑得上气不接下气）这是事实！

布兰琪：

是吗？

米奇：

我从没在下午看到过你。

布兰琪：

这是谁的错？

米奇：

你从来都不愿意在下午外出见人。

布兰琪：

咳，米奇，你下午可是在厂里干活呢！

米奇：

星期天下午可不用干活儿。我星期天也请你出去来着，可你总是找借口回绝。你六点以前从来都不想出去，天黑了以后你也总是待在灯光昏暗的地方。

布兰琪：

你像是话里有话，可我又不明白其中的隐情。

米奇：

我的意思是说，我从来都没真正好好地看过你，布兰琪。咱们把屋里的灯打开吧。

布兰琪（惊恐万分）：

灯？什么灯？干吗要开灯？

米奇：

这盏罩着纸罩子的灯。（他把灯泡上的纸灯笼扯下来。她吓得大声喘息。）

布兰琪：

你干吗要开灯？

米奇：

我好把你看个明白清楚！

布兰琪：

你当然不是真想侮辱我吧！

米奇：

不，我只想脚踏实地。

布兰琪：

我可不想脚踏实地。我要魔法巫术！（米奇嘿嘿一笑）对，对，就是魔法巫术！我一心想给人的就是这个。我误导他们。我说的不是事实，我说的是应该的事实。如果这就是罪过，那就让我为此而永世不得超生吧！——别把灯打开！

（米奇过去开灯。他把灯打开，然后不错眼地盯着她看。她大叫一声把脸遮住。他又把灯给关了。）

米奇（缓慢而又悲苦地）：

我并不嫌你比我想象得要老。可是还有所有那一切——耶稣啊！你假装旧式淑女的那些拿姿作态，还有这整个夏天你炮制出来的那些胡言乱语。哦，我知道你已经不是年方二八了。可我真是个傻瓜，竟然就信了你是个规矩女人。

布兰琪：

谁告诉你我不——“规矩”了？我那可爱的妹夫。你也就信了他。

米奇：

我一开始骂他是血口喷人。后来我核对过了事实。我先是问了经常前往劳雷尔出差的我们的供销员。然后我打长途电话直接跟那个商人通了话。

布兰琪：

这位商人又是谁？

米奇：

基费伯。

布兰琪：

劳雷尔的商人基费伯！我知道这个人。他对我吹过口哨。我断了他的非分之想。所以现在他就编造了故事来报复我。

米奇：

有三个人，基费伯、斯坦利还有肖，你敢对着他们赌咒发誓！

布兰琪：

咚咚呛，咚咚呛，三个大男人挤一缸！又脏又臭的一大缸！

米奇：

你不是住在一家叫火烈鸟的旅馆？

布兰琪：

火烈鸟？不！旅馆的名字叫大狼蛛！我住的旅馆叫大狼蛛纹章！

米奇（傻乎乎地）：

大狼蛛？

布兰琪：

没错，一种大蜘蛛！我就是把我的牺牲品往那儿带的。

（她又给自己倒了杯酒）没错，我是跟陌生人有过很多次亲密关系。那是在艾伦——死后，跟陌生人缠绵悱恻对我而言是唯一能将我空洞的心填满的途径……我想我是出于恐慌，只是因为恐慌，我才像是被驱赶着，从一个人转向另一个，竭力寻求一点保护——从东到西，从南到北，在那些最——不靠谱的地方——最后甚至，找上了个十七岁的男生！可是——有人给校长写信告发了这件事——“这个女人毫无道德，根本不配担当教职！”

（她仰头一阵痉挛的、哽咽的大笑。然后又气喘吁吁地重复一遍上面的话，接着又喝酒。）

此话不假吧？是的，我想我大概——是不称职——管它呢……所以我才来到了这里。我已经没有别的地方可去了。我已经精疲力竭了。你知道什么叫精疲力竭吗？可是我的青春又突然涌动起来——我遇到了你。你说你需要个人。是呀，我也需要个人。我为了你感谢上帝，因为你好像很温柔——好像是这个乱石丛生的世界上我可以藉以藏身的一道缝隙！可是我大概是要求得，希望得——太多了！基费伯、斯坦利和肖已经在我这只风筝的尾巴上拴上了个旧铁皮罐。

（沉默片刻。米奇木呆呆地盯着她看。）

米奇：

你对我撒了谎，布兰琪。

布兰琪：

别说我对你撒过谎。

米奇：

撒谎，撒谎，里里外外，全是一派谎言。

布兰琪：

从没有在里面，我从没有存心要撒谎……

（一个小贩绕过街角。是个瞎眼的墨西哥女人，围着深色围巾，拿着几把俗气的锡纸花，那是下层墨西哥人在葬礼和其他节庆场合才用的。她的叫卖声几不可闻。她的身影隐在楼房的阴影里几不可见。）

墨西哥女人：

Flores. Flores. Flores para los muertos. Flores. Flores. ①

布兰琪：

什么？哦！有人在外头……（她走到门前，开门望着那个墨西哥女人。）

墨西哥女人（她就站在门口，把花儿递给布兰琪）：

Flores? Flores para los muertos ?

布兰琪（吓坏了）：

不，不！现在还不要！现在还不要！

（她冲进屋内，把门摔上。）

---

① 西班牙语：花儿。花儿。吊丧的花儿。花儿。花儿。

墨西哥女人（她转过身，又开始沿街叫卖）：

Flores para los muertos.

（波尔卡舞曲渐歇。）

布兰琪（仿若自言自语）：

揉碎了，衰败了，——悔不当初——反咬一口……“你要是能如此这般，我也就不会沦落至此！”

墨西哥女人：

Corones para los muertos. Corones...[①]

布兰琪：

遗产！哈……还有诸如血迹斑斑的枕套之类的玩意儿——“她的床单该换了”——“是的母亲。可是我们就不能找个黑人姑娘来干这种事吗？”不，我们当然不能。咱们什么都没了，只剩下——

墨西哥女人：

Flores.

布兰琪：

死——我一般就坐在这儿，她常常坐在那儿，死靠得就跟你一样近……我们甚至都不敢承认听说过死这件事！

墨西哥女人：

Flores para los muertos，flores—flores...

---

① 西班牙语：吊丧的花圈。

布兰琪：

死的反面是欲望。你觉得奇怪？你怎么会觉得奇怪呢！离贝拉里夫不远，在我们失去贝拉里夫以前，有座训练新兵的兵营。星期六的晚上，小伙子们就会进城去买醉——

墨西哥女人（轻柔地）：

Corones. . .

布兰琪：

——回营的路上他们会摇摇晃晃地闯到我们家草坪上喊——“布兰琪！布兰琪！”——耳聋的老太太竟然一点都没起疑。不过有时候我就会溜出去，答应他们的召唤……事后警车就会开过来把他们都收罗了去，就跟收雏菊赛的……漫长的回家路……

（墨西哥女人慢慢转过身来，一边轻柔哀伤地叫卖，渐渐离场。布兰琪走到梳妆台前，俯身趴在台上。过了一会儿，米奇起身，有所企图地跟了过来。波尔卡音乐消歇。他伸出双手搂住她的腰，想把她转过来。）

布兰琪：

你想干吗？

米奇（笨手笨脚地拥抱她）：

干我整个夏天都日思夜想的事。

布兰琪：

那就娶我吧，米奇！

米奇：

我不想娶你了。

布兰琪：

不想了？

米奇（双手从她腰间垂下来）：

你不够干净，我不能把你领回家跟我母亲住在一起。

布兰琪：

那就走开。（他盯着她）马上从这儿滚出去，要不然我就要大喊失火了！（她因为歇斯底里，嗓子都发紧了）马上从这儿滚出去，要不然我就要大喊失火了。

（他仍旧盯着她看。她突然冲到大窗子前，窗上还留有一圈淡蓝色的夏日余晖，她疯狂地大喊。）

失火了！失火了！失火了！

（米奇惊得喘了口粗气，转身跑了出去，跌跌撞撞地冲下台阶转过街角的楼房。布兰琪摇摇晃晃地离开窗前，跪倒在地。远处传来缓慢而又忧伤的钢琴曲。）

第十场

当晚几个小时以后。

米奇走后布兰琪一直不停地喝酒。她已经把她的衣箱拖到了卧室中央。箱盖敞着，花花绿绿的衣裙就搭在箱盖上。她一边喝酒一边收拾的过程中，突然一阵歇斯底里的亢奋，她于是特意穿上一件皱巴巴、脏兮兮的白缎子晚礼服，蹬上一双已经磨损的银色拖鞋，鞋跟上缀有闪亮的宝石装饰。

眼下她正对着梳妆台的镜子把那顶莱茵石的冠冕戴到头上，兴奋地喃喃说个不停，仿佛正对着一群幽灵仰慕者说话。

布兰琪：

去游一次泳怎么样，去旧采石场那儿来一次月光下的畅游？只要有谁还能开得了车就行！哈—哈！这可是世上能治好你脑袋嗡嗡叫的最好的法子了！只是往池塘里跳的时候一定得小心——要是撞到了石头上，就得等到明天才能浮上来了……

（她哆哆嗦嗦地举起一面手镜仔细照了照。她屏住气把手镜面朝下一摔，结果用力过猛，镜面都给摔碎了。她略微呻吟了一声，想站起来。

（斯坦利绕过街角上场。他仍穿着那件鲜艳的绿色丝绸保龄球衫。他转过街角的时候传来低级酒馆的音乐声。轻柔的音乐声贯穿整场。

（他走进厨房，把门摔上。他打量了一下布兰琪，低低吹了声口哨。他回来的路上已经喝了几杯，还买了几瓶一夸脱装的啤酒带回家。）

布兰琪：

我妹妹怎么样了？

斯坦利：

她挺好。

布兰琪：

小宝宝呢？

斯坦利（笑容可掬）：

小宝宝要到天亮才出来，所以他们叫我先回家眯一会儿。

布兰琪：

也就是说我们要单独待在一起喽？

斯坦利：

对。就我跟你，布兰琪。除非你还藏了个人在床底下。你披上这些漂亮的羽毛是所为何来呀？

布兰琪：

哦，对了。你一走我的电报就来了。

斯坦利：

你收到一封电报？

布兰琪：

我收到一封原来的仰慕者发来的电报。

斯坦利：

有好消息？

布兰琪：

我想是吧。是正式的邀请。

斯坦利：

去干吗？消防队的舞会？

布兰琪（头仰得老高）：

坐游艇漫游加勒比海！

斯坦利：

嚯，嚯。真的假的？

布兰琪：

我这辈子还没这么意外过呢。

斯坦利：

我想也是。

布兰琪：

简直像是晴空一个霹雳！

斯坦利：

你刚才说是谁打来的？

布兰琪：

我的一个老情郎。

斯坦利：

就是送你白狐狸皮的那个？

布兰琪：

是谢普·亨特利。我在大学的最后一年就戴过他的 ATO 兄弟会[①]徽章。我直到去年圣诞节才又见到他。我是在比斯坎湾大道上跟他意外撞上的。后来——刚才——就来了这份电报——邀我去漫游加勒比海！麻烦的是穿什么衣服。我刚才就在翻箱倒柜，看看我有没有适合热带穿的衣服！

斯坦利：

然后就找出了这顶——华丽的——钻石——头饰？

布兰琪：

这个老古董？哈—哈！这不过是莱茵石充的。

斯坦利：

他妈的。我还以为是蒂凡尼的金刚钻呢。（他解开衣扣。）

布兰琪：

管他呢，不管怎么说，我就要享受点时髦的款待了。

斯坦利：

啊—哈。走着瞧吧，你永远都不知道前面等着你的是福是祸。

布兰琪：

正当我还以为我运交华盖的倒霉时候……

---

① ATO（Alpha Tau Omega）是美国一顶级兄弟会组织，部分成员名额向大学的本科男生开放，能加入该协会的大学男生自然是品学兼优，尤其还要有较高的社会出身。

斯坦利：

天上掉下来个迈阿密的百万富翁。

布兰琪：

这人不是迈阿密的。是达拉斯的。

斯坦利：

这人是达拉斯的?

布兰琪：

没错，这人住在遍地涌金的达拉斯!

斯坦利：

咳，管他是从哪里冒出来的！（他开始脱球衫。）

布兰琪：

再往下脱的话，请你把帘子拉上。

斯坦利（和颜悦色地）：

眼下我就先脱到这里了。（扯掉一夸脱装啤酒瓶外头的包装袋）看见哪儿有酒起子吗?

（她慢慢朝梳妆台走去，来到梳妆台前绞着双手站在那儿。）

我本来有个表亲，能用牙齿把瓶盖撬下来。（把瓶盖靠在桌角上砰砰地敲）这是他唯一的能耐，他就会这一招——他只不过就是个人形酒起子。后来有一次，是在一次婚宴上，他把门牙给硌飞了！打那以后他就一直惭愧得不得了，一见到有人来就偷偷往外溜……

（酒瓶盖砰地飞起来，气泡噗噗地往外喷。斯坦利开心地哈哈大笑，把酒瓶举过头顶。）

哈—哈！天降甘霖啊！（他把酒瓶伸向她）咱们化干戈为玉帛，喝个交杯酒如何？哈？

布兰琪：

不，谢谢。

斯坦利：

好吧，今天都是咱们大喜的日子。你就要钓上个石油大亨，而我就要有个小宝宝了。

（他走到卧室的衣柜前，蹲下来从底下的抽屉里取出一样东西。）

布兰琪：

你进来干吗？

斯坦利：

这里有样东西，是我为这样特殊的场合特别预备的。我新婚之夜穿的丝绸睡衣！

布兰琪：

哦。

斯坦利：

等电话铃一响，他们告诉我："你得了个儿子！"我就把它给扯掉，当旗子挥！（他抖开一件鲜艳的睡衣）我看咱俩都有理由摆摆排场了。（他胳膊上搭着睡衣回到厨房。）

布兰琪：

我一想到能再度拥有神圣不可侵犯的隐私——我真是要喜

极而泣了！

斯坦利：

这位从达拉斯来的百万富翁丝毫不会侵犯你神圣的隐私吗？

布兰琪：

事情可不像你脑子里琢磨的那样。人家可是个君子，他尊敬我。（即兴狂热地说下去）他只是要我跟他做伴。巨大的财富有时也会让人倍感孤独！一位文雅的女性，一位聪明而有教养的女性，能够丰富一个男人的生活——无限地丰富！我就有这样的品质可以奉献，而这些品质又不会因之而减少分毫。肉体之美无法持久。只能昙花一现。而心灵之美、精神的丰富和内心的温柔——这些品质我全都具备——非但不会因岁月的流逝而消减，反而会日益滋长！与日俱增！居然把我叫做一贫如洗的女人！殊不知我内心中还蕴藏着这样的珍宝。（哽咽欲泣）我觉得自己是个非常、非常富有的女人！可我竟然这么傻——竟然把珍珠抛掷到猪猡面前！

斯坦利：

猪猡，哈？

布兰琪：

没错，就是猪猡！猪猡！我指的不但是你，还有你的那位朋友米切尔先生。今晚上他看我来了。他竟敢一身工作服就跑了来！而且还一再诽谤于我，把从你那儿贩了来的恶毒谣言强栽到我头上！我就给他下了逐客令……

斯坦利：

你把他赶出去了，哈？

布兰琪：

可他后来又回来了。他带了盒玫瑰回来求我宽恕！他恳求我的宽恕。可有些事情是不能宽恕的。蓄意的残酷是不能宽恕的。依我看，这就是不能宽恕的恶行，而且我从来，从来都不会为此而感到内疚。于是我就告诉他，我跟他说，“谢谢啦，”可如果我还以为我们相互之间可以迁就的话，那我就太傻了。我们的生活方式是如此不同。我们的态度，我们的门第又相差云泥。对此我们一定得面对现实。所以永别了，我的朋友！但愿我们之间不要心怀怨恨……

斯坦利：

这事儿是发生在那位得克萨斯石油大亨的电报到来之前还是之后？

布兰琪：

什么电报？不！不，是在那之后！事实上，他刚走那份电报就——

斯坦利：

事实上，根本就没有什么电报！

布兰琪：

哦，哦！

斯坦利：

根本就没有什么百万富翁！米奇也没带着玫瑰花回来，因为我知道他现在在哪儿——

布兰琪：

哦！

斯坦利：

全他妈无中生有，没有一件真事！

布兰琪：

哦！

斯坦利：

全他妈撒谎骗人耍花招！

布兰琪：

哦！

斯坦利：

瞧瞧你自己！瞧瞧你披挂着那身狂欢节[①]行头的那副尊容！是从哪个旧货店里花五毛钱租来的吧！还戴着那个疯疯癫癫的王冠！你以为你是哪门子的女王？

布兰琪：

哦——上帝……

斯坦利：

我一开始就把你看得透透的！你一次也甭想迷了这小子的

---

① 原文用的是 Mardi Gras——悔罪星期二：圣灰星期三节的前一天，在很多地方人们通过狂欢节、化妆舞会和化妆游行的方式来庆祝这个节日。

法眼！你跑到这里面来，又是撒香粉又是喷香水的，还给那个电灯泡罩上个纸灯笼罩儿，嘿，你瞧！这么一来你就把这地方变成埃及了，你就成了尼罗河女王了！坐在你的宝座上大口偷我的酒喝！让我说——哈！——哈！你听清楚了吗？哈——哈——哈！（他走进卧室。）

布兰琪：

别进来！

（布兰琪身后的墙上现出可怕的投影。影子离奇怪异、险恶非常。她吓得屏住呼吸，跑到电话机旁哆嗦着往下摘听筒。斯坦利走进浴室，把门关上。）

接线员，接线员！请给我接个长途……我想跟达拉斯的谢普·亨特利先生通话。他是个大名人，不需要报他的住址。就随便问个当地人——等一下！——没有，我现在找不到……请你理解，我——不！不，等一下！……就一会儿！有人正在——没事没事！求你别挂！

（她把电话放下，小心警惕地走进厨房。夜幕中充满各种非人的声音，就像丛林中野兽的嚎叫。

（憧憧黑影和可怕的投影，交错蜿蜒地在墙上游动，恍若火焰。

（房间的后墙变得透明，可以望见后面的人行道。一个妓女打劫了一个醉汉。他沿人行道追上她，接着就是一场厮打。警察的哨子响起，两人住手，消失不见。

（不多久，那个黑种女人绕过街角出现，捡着了妓女落在人行道上、缀满亮片的包。正兴奋不已地一一察看包里的东西。

（布兰琪的手指节紧紧压在嘴唇上，慢慢回到电话机旁。压低了嘶哑的嗓音讲话。）

布兰琪：

接线员！接线员！别管长途不长途的。接西联电报公司。没时间再——西——西联电报公司！

（心焦地等待。）

西联电报公司吗？是的！我——想要——请记下这句电文！“身陷绝境，绝境！救我！落入陷阱。落入——”哦！

（浴室门砰地打开，斯坦利身穿鲜艳的丝绸睡衣出来。他一边系着腰间缀有流苏的腰带，一边咧开嘴冲着她笑。她深吸一口粗气，向电话后面躲去。他盯着她足足有十秒钟。然后电话听筒中传来咔哒咔哒的声音，声音持续不断地响下去，令人焦灼难耐。）

斯坦利：

你没把听筒挂好。

（他别有用心地走到电话机前，把听筒挂好。挂好听筒后，他再度不错眼地盯着她看，他的嘴巴慢慢弯曲起来，露出牙齿来笑着，堵在布兰琪和大门之间。

（几不可闻的“布鲁斯钢琴曲”开始越来越响。钢琴声转化为正在驶近的机车的咆哮。布兰琪蹲下身去，攥紧拳头捂住耳朵，直到火车过去。）

布兰琪（终于站起身来）：

让我——让我过去！

斯坦利：

你要过去？当然可以。走吧。（他从门口的位置后退了一步。）

布兰琪：

你——你站到那边去！（她指着更远的位置。）

斯坦利（咧嘴笑道）：

这个空当够你走过去了。

布兰琪：

你站在这儿可不成！可是我一定得出去！

斯坦利：

你觉得我会拦住你不成？哈—哈！

（“布鲁斯钢琴曲”转为轻柔徐缓。她慌乱间转身，做了个含混的姿势。非人的丛林之声再度响起。他朝她逼近一步，咬着唇间探出来的舌头。）

斯坦利（柔声道）：

不妨想想看——或许拦你一下也——不坏吧……

（布兰琪向后退去，穿过房门进了卧室。）

布兰琪：

退后！你再敢向前靠近我一步，我就——

斯坦利：

你待怎样？

布兰琪：

就会出事！出大事！

斯坦利：

我倒要看看事到如今你还装什么蒜。

（两人已经都进入卧室。）

布兰琪：

我警告你，不许靠近，我什么都干得出来！

（他再进一步。她抓起一个酒瓶在桌子上摔碎，紧紧攥着摔破的上半截面对着他。）

斯坦利：

你这是要干吗？

布兰琪：

我要拿玻璃尖戳你的脸。

斯坦利：

我打赌你干得出来！

布兰琪：

我干得出来！要是你——

斯坦利：

哦！这么说你要大打出手喽！好呀，那咱们就好好闹上一闹！

（他朝她扑上去，打翻了桌子。她大叫一声，拿上半截破酒瓶打他，可被他捏住了手腕。）

母老虎——母老虎！把瓶子头放下！放下！咱们这场约会可是打一起头就定好了的！

（她呻吟。瓶头掉在地上。她跪倒在地。他扶起她迟钝的身体，把她抱到床上。“四个二”酒吧里传来喧闹的小号和鼓的合奏声。）

第十一场

几周后。斯黛拉正在收拾布兰琪的东西。浴室里传来哗哗的水声。

布帘半开，可以看到斯坦利、斯蒂夫、米奇和巴勃罗正围坐在厨房的桌旁打牌。厨房里的氛围仍一如既往地粗野、可怕，就跟那个灾难性的扑克之夜一般无二。

楼房衬着绿松石般的天，蓝得透亮。斯黛拉一边在打开盖的衣箱里收拾那些印花的裙装，一边哭。

尤妮斯从楼上的单元里下来，走进厨房。牌桌上突然一阵哄闹。

斯坦利：

上帝保佑让我摸到个中张顺子，真摸着了！

巴勃罗：

Maldita sea tu suerto! ①

斯坦利：

讲英语，外国佬。

巴勃罗：

我是骂你的狗屎运。

斯坦利（得意非凡地）：

你知道运气是什么吗？运气就是相信你会走运。就拿萨勒诺[②]来说吧。我相信我是幸运的。我估摸着五个人里面得搭进去四个，可我就能挺过去……我还真就挺过来了。从那以后我就把这一条当成金科玉律一样写了下来。要想在你死我活的竞争当中占据上风，你就得相信你是幸运的才行。

米奇：

你……你……你……吹……吹……牛皮。

（斯黛拉走进卧室，开始叠一件裙装。）

斯坦利：

他这是怎么了？

尤妮斯（经过桌旁）：

我一直都说男人都是铁石心肠的东西，这还真是千真万确呢。骨子里都是一帮猪猡。（她穿过布帘走进卧室。）

斯坦利：

她这是怎么了？

斯黛拉：

我的宝宝怎么样了？

尤妮斯：

睡得就像个小天使。给你们带了些葡萄过来。（把葡萄搁

---

① 西班牙语：去你娘的运气！

② 萨勒诺是意大利西南部港市，1943年9月8—18日盟国登陆部队和德军曾在该市沿岸激战。

在一个凳子上，压低嗓音。）布兰琪呢？

斯黛拉：

洗澡呢。

尤妮斯：

她怎么样？

斯黛拉：

她什么都不肯吃，只是要喝的。

尤妮斯：

你跟她是怎么说的？

斯黛拉：

我——只是告诉她——我们安排她去乡下休养。她脑子里把这事儿跟谢普·亨特利搅和到一起了。

（布兰琪把浴室的门开了道缝儿。）

布兰琪：

斯黛拉。

斯黛拉：

怎么，布兰琪？

布兰琪：

我洗澡的时候要是有人打电话过来，就把号码记下来，跟他们说我过会儿就打回去。

斯黛拉：

好的。

布兰琪：

那件冷黄色的绸衣——那件 bouclé[①]。看看是不是压皱了。要是不太皱，我就穿它了，领子上我要别上那个绿松石镶银的海马形别针。就在我放零碎饰品的那个心形盒子里搁着。还有斯黛拉……再在那个盒子里找找看有没有一束紫罗兰的假花，把它跟那个海马别针一起别在衣领上。

（她把门关上。斯黛拉转向尤妮斯。）

斯黛拉：

我不知道我做得对不对。

尤妮斯：

要不然你还能怎么着？

斯黛拉：

我不能听信她那套说辞，要不然就没办法跟斯坦利过下去了。

尤妮斯：

千万别信。生活总得继续过下去。不管发生了什么事儿，你总得继续过下去。

（浴室的门又开了道缝儿。）

布兰琪（往外观瞧）**：**

道路畅通无阻吧？

---

① 法语：绉纱衣服。

斯黛拉：

是的，布兰琪。（跟尤妮斯说）跟她说她看起来甭提多漂亮了。

布兰琪：

请先把帘子拉严了我再出来。

斯黛拉：

拉严了。

斯坦利：

——你要几张？

巴勃罗：

——两张。

斯蒂夫：

——三张。

（布兰琪出现在浴室门口琥珀色的光里。她大红缎子的浴袍勾勒出她身上雕塑般的线条，带有一种悲剧性的光辉。随着布兰琪走进卧室，“瓦瑟维扬纳”舞曲随之而起。）

布兰琪（略带几分歇斯底里的活泼）：

我刚把头发给洗了。

斯黛拉：

是吧？

布兰琪：

不知道肥皂都冲干净了没有。

尤妮斯：

多漂亮的头发！

布兰琪（坦然接受恭维）：

可不好对付呢。有我的电话吗？

斯黛拉：

谁会打来，布兰琪？

布兰琪：

谢普·亨特利……

斯黛拉：

啊，还没呢，亲爱的。

布兰琪：

多奇怪！我还——

（听到布兰琪的声音，米奇拿着牌的手垂了下来，目光茫然盯着前方。斯坦利拍了拍他的肩膀。）

斯坦利：

嘿，米奇，别走神儿！

（这个新的声音吓了布兰琪一跳。她露出震惊的样子，嘴唇摆出他名字的口型。斯黛拉点了点头，迅速把目光掉开了。布兰琪一动不动地站了一段时间——她手里握着一面银质背面的手镜，一副悲戚困惑而又茫然的复杂表情，仿佛所有人类的情感经验都显现在她脸上。布兰琪终于开了口，但带上了一阵突发的歇斯底里。）

布兰琪：

这是在干吗呢？

（她的目光从斯黛拉转向尤妮斯，又转回斯黛拉。她提高的嗓门干扰了牌局的进行。米奇头垂得更低了，可斯坦利把椅子往后一推，像是要站起来。斯蒂夫把手按在他胳膊上，意思是要他冷静。）

布兰琪（继续追问）：

出了什么事！我需要个解释，这里到底出了什么事。

斯黛拉（苦恼难耐）：

嘘！嘘！

尤妮斯：

嘘！嘘！亲爱的。

斯黛拉：

求你了，布兰琪。

布兰琪：

你们干吗都这么看着我？我有什么不妥吗？

尤妮斯：

你看起来棒极了，布兰琪。你说，她看起来是不是棒极了？

斯黛拉：

是呀。

尤妮斯：

我知道你就要去旅行了。

斯黛拉：

是呀，的确是这么回事。她就要去度假了。

尤妮斯：

我真羡慕死了。

布兰琪：

帮帮我，帮我把衣服穿好！

斯黛拉（把衣服递给她）：

你要的是这件——

布兰琪：

是，这件就行！我真巴不得离了这里——这地方就是个陷阱！

尤妮斯：

这件蓝褂子可真漂亮。

斯黛拉：

这是丁香色。

布兰琪：

你们都说错了。这叫德拉 · 罗比亚蓝[1]。就是古圣母像里圣母身上披的袍子的颜色。这些葡萄洗过吗？

（她指着尤妮斯带来的那串葡萄。）

---

① 所谓的“德拉 · 罗比亚色”是指意大利佛罗伦萨文艺复兴风格的先驱者之一、雕塑与制陶大师卢卡 · 德拉 · 罗比亚（1400—1482）制作的加釉赤陶浮雕和器皿所特有的颜色。他的代表作有佛罗伦萨大教堂的《耶稣复活》弧面窗及《耶稣升天》浮雕等，以他为开创者的德拉 · 罗比亚家族出过众多浮雕与彩陶大师。

尤妮斯：

啊？

布兰琪：

洗过吗，我说。它们洗过了吗？

尤妮斯：

这可是从法国市场买的。

布兰琪：

那也不等于说就洗过了。（大教堂的钟声响起）这些大教堂的钟啊——算得这个地区唯一干净的东西了。好了，我这就走了。我准备好动身了。

尤妮斯（悄声）：

她就要走了，可他们还没来呢。

斯黛拉：

等等吧，布兰琪。

布兰琪：

我不想从那帮男人面前经过。

尤妮斯：

那就等他们把牌打完了再走。

斯黛拉：

坐下再……

（布兰琪有气无力又犹豫不决地转过身。由着她们俩把她推到椅子上。）

布兰琪：

我都能闻到大海的气息了。余生所有的时间我都要在海上度过。等我死的时候，我也要死在大海上。你们知道我应该是怎么死的？（她揪了颗葡萄）有朝一日我在茫茫海洋之上会因为吃了颗没洗的葡萄而死。我死的时候——会有一个漂亮的船上医生握着我的手，一个非常年轻的小伙子，留着一撇金黄的小胡子，戴着块大银表。“可怜的女士，”他们会说，“奎宁对她一点都不管用。那颗没洗的葡萄将她的灵魂送入了天国。”（大教堂的钟声再度响起）而我将被安葬在海上，缝在一个干净的白布口袋里，从甲板上扔下去——在正午时分——在夏日炎炎的日光里——葬身碧蓝的大海，蓝得就像（钟声再度响起）我第一个情人的眼睛！

（一个医生和一个护士长绕过街角的大楼上场，爬上台阶来到门廊前。他们身上那种职业性的特质十分夸张——那种政府机构人员所特有的乖戾的冷漠神情一目了然。医生按响了门铃。牌局的嘟囔声戛然而止。）

尤妮斯（悄声对斯黛拉道）：

准是他们来了。

（斯黛拉把两个拳头都压到嘴唇上。）

布兰琪（慢慢起身）：

是谁？

尤妮斯（假装不经意地）：

我去看看是谁来了。

斯黛拉：

好的。

（尤妮斯走进厨房。）

布兰琪（紧张地）：

不知道是不是找我的。

（门口传来轻声的谈话声。）

尤妮斯（回来，高兴地）：

有人来见布兰琪。

布兰琪：

这么说，确实是找我的！（她满怀恐惧地来回看着她们俩，然后望向布帘。“瓦瑟维扬纳”的曲子轻声响起）是我一直期待的那位从达拉斯来的先生吗？

尤妮斯：

我想是他，布兰琪。

布兰琪：

我还没完全准备好呢。

斯黛拉：

请他先在外头等一下。

布兰琪：

我……

（尤妮斯又回到门廊处。鼓声敲得非常轻柔。）

斯黛拉：

都收拾好了吧？

布兰琪：

我的那套银质梳洗用具还在外头。

斯黛拉：

啊！

尤妮斯（回来）：

他们在房子门前等着呢。

布兰琪：

他们！“他们”是谁？

尤妮斯：

还有位女士跟他在一起。

布兰琪：

我想象不出这位“女士”到底是谁！她穿着打扮如何？

尤妮斯：

就是——就是那种——剪裁很普通的衣服。

布兰琪：

可能她是——（紧张得说不下去了。）

斯黛拉：

咱们走吗，布兰琪？

布兰琪：

我们一定要穿过那个房间吗？

斯黛拉：

我陪你一起出去。

布兰琪：

我看起来怎么样？

斯黛拉：

可爱极了。

尤妮斯（应声附和）：

可爱极了。

（布兰琪胆战心惊地朝帘子走去。尤妮斯为她把帘子拉开。布兰琪走进厨房。）

布兰琪（对那几个男人）：

请不必站起来。我只是经过一下。

（她飞快地穿过厨房来到大门口。斯黛拉和尤妮斯跟着。打牌的几个人尴尬地在桌边站起来——只米奇除外，他仍旧坐着，朝下望着桌面。布兰琪走到门外的小门廊里。突然止住脚步屏住了呼吸。）

医生：

你好？

布兰琪：

你不是我等的那位先生。（她突然喘了口粗气，开始朝台阶上退去。她在站在门外的斯黛拉身边停住，惊恐地悄声道）那人不是谢普·亨特利。

（“瓦瑟维扬纳”的曲子远远传来。

（斯黛拉回头盯着布兰琪。尤妮斯扶着斯黛拉的胳膊。一阵沉默——只听见斯坦利从容不迫的洗牌声，此外鸦雀无声。

（布兰琪再次屏住呼吸，溜回房内。她进门的时候脸上挂着一种奇怪的微笑，眼睛瞪得又大又亮。姐姐刚从她身边走进去，斯黛拉就把眼睛一闭，双手紧紧绞在一起。尤妮斯伸开双臂抚慰地抱了抱她。然后朝楼上自己家走去。布兰琪一进门就停下脚步。米奇仍旧低头盯着自己放在桌上的双手，可其他几个男人都好奇地望着她。最后，她终于绕过桌子朝卧室走去。这时斯坦利突然把椅子往后一推，站起身来，像是要拦住她的去路。那位护士长跟在她身后也进了屋。）

斯坦利：

你忘了什么东西？

布兰琪（尖声道）：

是！是的，我忘了东西。

（她从他身边冲过，进入卧室。可怕的投影出现在墙上，形状古怪又错综蜿蜒。“瓦瑟维扬纳”舞曲也被扭曲成为怪异的变奏，还伴以丛林里的各种呼喊和噪声。布兰琪抓住一把椅子的椅背，像是想以此来保卫自己。）

斯坦利（压低声音）：

医生，您最好进来。

医生（低声，向护士长示意）：

护士，把她带出来。

（护士长从一边逼近，斯坦利从另一边。这位护士长身上没有丝毫女性的柔美特征，加上一身毫无装饰的制服，更是显得凶险至极。她的声音就像警铃般单调、刺耳。）

护士长：

哈罗，布兰琪。

（这句问候引起四面墙后其他神秘的声音一遍又一遍的回响，就仿佛置身一个峡谷，一出声就会引起无数回声。）

斯坦利：

她说她忘了带东西。

（引起一片恐吓的悄声回响。）

护士长：

那没关系。

斯坦利：

你忘了带什么，布兰琪？

布兰琪：

我——我——

护士长：

不要紧。我们过后再来拿。

斯坦利：

就是啊。我们可以连衣箱一起给你捎过去。

布兰琪（恐慌地退却）**：**

我不认识你——我不认识你。我想——一个人待着——求你了！

护士长：

听话，布兰琪！

回声（此起彼伏）：

听话，布兰琪——听话，布兰琪——听话，布兰琪！

斯坦利：

你什么也没落下，就一点洒落的爽身粉和几个旧的空香水瓶——除非是你想把那个纸灯笼带走。你想要那个灯笼吗？

（他走到梳妆台前，抓住那个纸灯笼，一把把它从灯泡上扯下来，伸手递给她。她大叫一声，仿佛那个灯笼就是她自己。护士长朝她直冲过去。她尖叫一声，想从护士长面前逃脱。几个男人呼啦一下全都站了起来。斯黛拉跑到了外面的门廊里，尤妮斯跟上去安慰她，同时夹杂着厨房里几个男人的七嘴八舌。斯黛拉在门廊中一头扎进尤妮斯的怀抱。）

斯黛拉：

哦，我的上帝，尤妮斯帮帮我！别让他们那样对她，别让他们伤害她！哦，上帝，哦，求求你上帝，别伤害她！他们要拿她怎么样？他们在干吗？（她想从尤妮斯的怀抱里挣脱出来。）

尤妮斯：

不，亲爱的，不，不，亲爱的。待在这儿。别再进去了。

跟我待在这儿，别看。

斯黛拉：

我对我姐姐都干了些什么？哦，上帝，我对我姐姐都干了些什么啊！

尤妮斯：

你做得对，你只能这么做。她不能留在这儿了；她又没有别的地方可以去。

（厨房里几个男人的声音盖过了门廊里斯黛拉和尤妮斯的谈话。米奇想冲进卧室，斯坦利拦住了他。斯坦利把他推到一边。米奇朝斯坦利冲过去、打他。斯坦利把米奇推回去。米奇跌坐在桌旁，呜咽起来。

（与此同时，护士长已经抓住了布兰琪的胳膊，不让她逃脱。布兰琪疯狂地转过身，对着护士长乱抓乱挠。那个大块头女人紧紧缚住了她的两条胳膊。布兰琪喊得嗓子都嘶哑了，滑倒在地，跪了下来。）

护士长：

这些长指甲得好好修修了。（医生走进房间，她看着他。）用紧身衣吗，医生？

医生：

不到万不得已先别用。

（他脱下帽子，一下子变得具有个体特征了。那种非人类的特质随之而去。他朝布兰琪走去时，说话声温和而又镇定，走到她面前，蹲了下来。他叫她名字的时候，她的恐惧略有减轻。可怕的投影从四面墙上褪去，非人的喊叫和噪声随之消歇，她自己嘶哑的哭喊也平静下来。）

医生：

杜布瓦小姐。

（她朝他转过脸来，目光中满带着绝望的哀恳紧盯着他。他微微一笑；然后他对护士长道。）

没必要用了。

布兰琪（虚弱无力地）：

请她放开我。

医生（对护士长）：

放开吧。

（护士长把她给放了。布兰琪朝医生伸出双手。他温和地拉她起来，用胳膊扶着她，领她穿过布帘。）

布兰琪（紧紧抓住他的胳膊）：

不管你是谁——我总是指望陌生人的慈悲。

（布兰琪和医生穿过厨房朝大门走去时，几个打牌的男人都朝后站，主动让出通道。她任由他领着她向前，仿佛她就是个瞎子。他们走到外面门廊上的时候，蹲在几级楼梯上面的斯黛拉大声呼喊着她姐姐的名字。）

斯黛拉：

布兰琪！布兰琪，布兰琪！

（布兰琪头也不回地继续朝前走，后面跟着医生和护士长。三人转过街角的楼房下场。

（尤妮斯下楼来找斯黛拉，把孩子交到她怀里。孩子裹在一条淡蓝色的毯子里。斯黛拉接过孩子，呜咽不已。尤妮斯继续走下楼梯，进了厨房，几个男人除了斯坦利以外都默默坐回了原位。斯坦利来到门廊外的台阶底下，望着斯黛拉。）

斯坦利（有些拿不准）：

斯黛拉？

（她不顾一切地呜咽不止。她姐姐已经走了，她索性哭个痛快。）

斯坦利（纵情地、抚慰地）：

好了，小甜甜。好了，我的爱。好了，好了，我的爱。（他在她旁边跪下来，手指从她上衣的开口处抚摸进去）好了，好了，我的爱。好了，亲爱的……

（纵情的哭泣，肉感的呢喃渐渐隐去，“布鲁斯钢琴曲”和闷音小号的乐声渐响。）

斯蒂夫：

这次玩七张牌的梭哈。

幕落

“我生活的世界”

田纳西·威廉斯自问自答

问： 咱们能坦率地谈谈吗？

答： 除此之外咱们别无他法。

问： 你可能也知道，你第一出成功的戏剧《玻璃动物园》在本演出季开始不久重新上演，大多数剧评家认为这仍旧是你创作的最佳作品，虽然这出戏的创作已是十二年前的事了。

答： 我知道，所有有关我的戏剧的演出布告和评论我都找来看过，包括那些说我是为了钱才写戏，还有我的戏的原初吸引力就在于迎合野蛮而又丑陋的人的本能的说法。

问： 这么多的烟雾都是从何而来？

答： 你开始往火上浇水的时候烟冒得最厉害。

问： 不过你总该承认，在你较近的几部作品中确实带有一种刺目、冰冷、暴力和愤怒的令人不安的调子吧？

答： 我想，这是由于我不由自主地顺应了我生活的这个世界和时代那日甚一日的愤怒和暴力的压力，通过身为作家和普通人的自我那日甚一日的压力自然释放出来的。

问：那么你承认这种你所谓的“日甚一日的压力”也就是你自身状况的一种反映喽？

答：是的。

问：一种病态的状况？

答：是的。

问：也许濒临精神错乱了？

答：我想我的作品对我而言一直就是一种精神疗法。

问：可你怎么能期望观众们会喜欢一个潜在的或者说初期的精神病患者为了释放压力而创作的戏剧或其他作品呢？

答：这同时也会释放他们自身的压力。

问：他们自身的什么？

答：他们自身日甚一日的压力，他们自身濒临精神错乱的状态。

问：你认为这个世界正在走向疯狂？

答：走向？照我说它已经疯了！就像《皇家大道》①里的吉卜赛人说的那样，这个世界就是一份倒着看的报纸滑稽漫画版。这么看起来就不会那么滑稽了。

---

① 《皇家大道》（*Camino Real*）是威廉斯创作于 1953 年，以一个西班牙语世界中的贫穷小镇为场景，以埃斯米拉达、堂吉诃德、卡萨诺瓦等众多著名文学人物为角色的一出幻想剧。

问：你觉得带着这种痛苦不堪的世界观你还能走多远？

答：只要这个世界这种痛苦不堪的状况仍在持续就得一直走下去吧，也许最远也就到那时为止，不会再远了。

问：你不会期望观众和评论家们都会陪你一直走下去吧？

答：不。

问：那你干吗还要这么对他们又推又拽的？

答：我是这么走下去的。我没有推着拽着任何人陪我一道走。

问：话是不错，不过你肯定希望还继续有人会听你诉说的，不是吗？

答：我当然但愿如此。

问：那你还用你作品当中的暴力和恐怖使他们对你敬而远之？

答：难道你没注意到大家都正在你周围纷纷倒下，就像过了季节的飞蛾？这就是我们生活的这个世界和时代现存的暴力和恐怖的瘟疫造成的结果。

问：可你是娱乐圈里的一分子，拥有艺术上的使命，而大家已经不再觉得热铁皮屋顶上的猫、洋娃娃、疯狂街车里的乘客[1]有什么好玩的了！

答：那就让他们去看那些音乐剧和喜剧好了。我可不想改弦更张。对我来说，只写我想写的东西已经够难的了，更不必说去写你所谓的他们想让我写而我根本不想写的东西。

问：你的观念里就没有一丁点积极的信息吗？

答：我真心认为是有的。

问：比如说？

答：比如说我一直在呼喊，几乎是在尖叫，唤醒大家在全世界范围内加倍地去更好地认识自己、相互认识的迫切需要，直到大家都不得不承认：没有任何人能够独占正义或德行，就正如没有任何人会垄断欺骗和邪恶一样，如此等等。如果人们，如果各个种族和民族都能以这个不证自明的事实为出发点，那么我认为这个世界就有可能避开腐化、堕落的劫难，而世界的这种腐化和堕落正是我的整个戏剧创作所不由自主选定的基本的、讽喻的主题。

问：听你的口气好像你觉得自己能超然于社会的这个腐化、堕落过程之上似的。

---

① 分别指田纳西·威廉斯的三部重要剧作：《热铁皮屋顶上的猫》(1955)、《洋娃娃》(1955—1956，电影剧本）和《欲望号街车》(1947)。

答：我写到的那些恶行，没有一种是我没有在我自己身上观察到的。

问：可你却谴责这个社会在整体上屈从于一种蓄意的谎言和欺罔，给人的感觉你作为作家好像能出淤泥而不染似的。

答：作为作家，是可以，可是作为一个人却不能免俗。

问：你认为这是你作为一个作家所具备的特别长处吗？

答：我对作家并无特别的偏爱。不过我倾向于认为大部分作家，大部分其他门类的艺术家也一样，在他们所从事的这种孤注一掷的行业当中，从本源上说都是受到一种渴望的激发，即：将真相从他们生活于其间的谎言和遁词的合成体中分离出来，而且我认为，正是这种本能的冲动使他们的工作不只是一种职业，而成为一种真正的"灵魂召唤"、一种"天命所归"。

问：你为什么不写写那些"好人"呢？你这一生难道就没碰到过一个"好人"？

答：我对"好人"的看法实在太过单纯，说出来都觉得害臊。

问：但说无妨！

答：唉，我这辈子不论碰到什么人，但凡我能够完全彻底地认识他并且理解了他，我都会无一例外地爱上他，而在我的作品中我至少尽我所能地做到认识和理解。

我不相信什么“原罪”。我不相信“罪恶”。我也不相信人有恶棍和英雄之分——人只有走对了路和走错了路的分别，而且这对错并非源自他们自愿的选择，而是出于必须如此或者受到他们自身的某种迄今仍旧不可索解的影响，受他们所处的环境以及他们的先辈所限而迫不得已的结果。

这实在太过单纯，我真羞于说出口，不过我能肯定这是事实。我愿意拿性命担保！也正因此我才百思不得其解，我们的宣传机器为什么总是竭力教育我们、奉劝我们去恨、去害怕跟我们共同生活在这个小世界中的其他人。

我们为什么就不能去认识去理解他们呢，就像我在我的戏剧中力图去认识和理解他人一样？这听起来实在是徒然和任性。

我实在不想以这样的调子来结束。那么我该说什么呢？说我知道我不过是个碰巧写了一两部重要作品的二流艺术家？我连这一两部作品到底是哪一两部都说不清楚。没关系。我已经说了我想说的话。我可以再说一遍，或者现在就闭嘴。这不取决于你，而完全取决于我，还有就是我这一生中造化的拨弄或者说天意。

本文最初刊登于《伦敦观察家》，1957 年 4 月 7 日。

年表

1907 年 6 月 3 日：科尼利厄斯 · 科芬 · 威廉斯与埃德温娜 · 埃丝特尔 · 达金于密西西比州哥伦布市结婚。

1909 年 11 月 19 日：姐姐罗丝 · 伊莎贝尔 · 威廉斯于密西西比州哥伦布市诞生。

1911 年 3 月 26 日：托马斯 · 拉尼尔 · 威廉斯第三（即田纳西 · 威廉斯）于密西西比州哥伦布市诞生。

1918 年 7 月：威廉斯一家移居密苏里州圣路易市。

1919 年 2 月 21 日：弟弟沃尔特 · 达金 · 威廉斯于密苏里州圣路易市诞生。

1928 年：短篇小说《尼托克里斯复仇》刊登于《怪谭》杂志。

7 月：威廉斯的外祖父沃尔特 · 埃德温 · 达金（1857—1954）携汤姆赴欧洲旅游。

1929 年 9 月：入学哥伦比亚的密苏里大学。

1930 年：创作独幕剧《美就一个字》参加当地竞赛。

1932 年夏：未能加入后备军官训练队，其父令他退学，安排在国际鞋业公司工作。

1936 年 1 月：入学圣路易市华盛顿大学附设班。

1937 年 3 月 18—20 日：首部长剧《多此一举》由圣路易

一家半专业的马莫斯剧团演出。

9 月：转入艾奥瓦大学。

11 月 30 日—12 月 4 日：《谪仙记》由马莫斯剧团演出。

1938 年：在艾奥瓦大学毕业，获英语学位。

剧本《非关夜莺》完稿。

1939 年：《小说》杂志刊登短篇小说《忧郁孩子的场地》，首次署用“田纳西 · 威廉斯”为笔名。

以《美国蓝调》为书名的短剧集获得同仁剧团的一项奖，由此开始同经纪人奥德利 · 伍德近三十二年的合作共事。

1940 年 1 月—6 月：师从约翰 · 加斯纳在纽约市社会研究新校进修剧本写作。

12 月 30 日：由米丽安 · 霍普金主演的《天使之战》到外地演出，首晚在波士顿的预演就惨遭失败，就此立即停演。

1942 年 12 月：在林肯 · 科尔斯坦于纽约举办的一次鸡尾酒会上结识新导向出版社的创办人詹姆斯 · 劳克林，由此成为威廉斯的终生挚友和出版商。

1943 年：草拟电影剧本《贵客上门》，因在好莱坞与米高梅影片公司签约未被采用，后来据此改写为《玻璃动物园》。

10 月 13 日：与友人唐纳德 · 温德姆根据 D · H · 劳伦斯一篇小说改编的剧作《你触犯了我！》在克利夫兰剧院首场公演。

1944 年 12 月 26 日：《玻璃动物园》在芝加哥公演，由洛丽泰 · 泰勒主演。

一组题为《夏日望楼》的诗歌刊登在《1944 年五位美国青年诗人》中。（本年表所列的图书，除非另行注明，全由新导向出版。）

1945 年 3 月 25 日：《通往屋顶的楼梯》在加利福尼亚州帕萨迪纳剧院首演。

3 月 31 日：《玻璃动物园》在百老汇公演，继而以年度最佳戏剧获戏剧评论界奖。

9 月 25 日：《你触犯了我！》在百老汇公演，事后由塞缪尔 · 法兰奇出版。

12 月：《满载棉花的二十七辆货车及其他剧作》出版。

1947 年夏：在普罗文斯顿与弗兰克 · 梅洛（1929—1963）相识，1948 年成为情侣，相处十四年。

12 月 3 日：由伊利亚 · 卡赞导演，杰西卡 · 坦迪、马龙 · 白兰度、金 · 亨特及卡尔 · 马尔登主演的《欲望号街车》在百老汇公演，受到热烈赞扬，并获得普利策奖和戏剧评论界奖。

1948 年 10 月 6 日：《夏与烟》在百老汇公演，演满整三个月后辍演。

1949 年 1 月：短篇小说《一条手臂集》出版。

1950 年：长篇小说《史东太太的罗马之春》出版。

电影版《玻璃动物园》上映。

1951 年 2 月 3 日：由莫琳 · 斯特普尔顿和伊莱 · 沃利奇主演的《玫瑰黥纹》上演于百老汇，并获得托尼奖的最佳戏剧奖。

由费雯丽饰演布兰琪，马龙 · 白兰度饰演斯坦利的影片《欲望号街车》上映。

1952 年 4 月 24 日：由荷西 · 昆塔罗导演，杰拉尔丁 · 佩奇主演的《夏与烟》于外百老汇的外方内圆剧场重演，获得一致好评。

全国文学艺术协会吸收威廉斯为会员。

1953 年 3 月 19 日：《皇家大道》在百老汇公演，遭致恶评，不到两个月就辍演。

1954 年：小说集《硬糖》于 8 月出版。

1955 年 3 月 24 日：由伊利亚 · 卡赞导演，芭芭拉 · 贝尔 · 基德思、本 · 加扎拉和伯尔 · 艾夫斯主演的《热铁皮屋顶上的猫》在百老汇公演。《猫》剧继而获普利策奖及戏剧评论界奖。

电影版《玫瑰黥纹》公映，女主角安娜 · 马格纳尼因此获奥斯卡最佳女主角金像奖。

1956 年：由威廉斯编剧，伊利亚 · 卡赞导演的电影《洋娃娃》在一片争议中公映，被天主教领袖斯佩尔曼主教列入黑名单。

6 月：威廉斯的第一部诗集《城市之冬》出版。

1957 年 3 月 21 日：《天使之战》的改写本《琴神下凡》于百老汇公演，由哈罗德·克勒曼导演，演出两个月后停演。

1958 年 2 月 7 日：《去夏骤至》和《尽在不言中》以《公园区》为两剧剧名在外百老汇上演。

由伊丽莎白·泰勒和保罗·纽曼主演的电影版《热铁皮屋顶上的猫》公映。

1959 年 3 月 10 日：《甜蜜青春小鸟》在百老汇公演，连演三个月。

由戈尔·维达尔编剧的电影版《去夏骤至》公映。

1960 年 11 月 10 日：喜剧《调整时期》在百老汇公演，连演四个多月。

电影版《琴神下凡》袭用《谪仙记》为片名公映。

1961 年 12 月 29 日：《鬣蜥之夜》在百老汇公演，连演将近十个月。

电影版《夏与烟》和《史东太太的罗马之春》公映。

1962 年：电影版《甜蜜的青春小鸟》与《调整时期》公映。

1963 年 1 月 15 日：《运奶火车不再在此停驻》在百老汇公演，由塔勒拉·班克海德主演，由于一场暴风雪和报界罢工旋即停演。

9 月：弗兰克·梅洛因肺癌逝世。

1964 年：电影版《鬣蜥之夜》公映。

1966 年 2 月 22 日：《粗俗悲剧》（《伤残者》和《好心小姐》）在百老汇公演不满一周。

12 月：中短篇小说集《骑士夜行》出版。

1968 年 3 月 27 日：《尘世王国》易名《莫特尔的七个后裔》在百老汇公演。

电影版《运奶火车不再在此停驻》易名《轰隆隆！》公映。

1969 年 5 月 11 日：《在一家东京酒店的酒吧》在外百老汇公演，连演三周。

弟弟达金将其送往圣路易的巴恩斯医院雷纳精神病科治疗三个月。

电影版《尘世王国》易名《莫比尔河上最后的大人物》公映。

密苏里大学授予其人文学博士学位，美国艺术和文学院授予其戏剧金奖。

1970 年 2 月：剧作集《龙的故乡》出版。

1971 年：威廉斯与经纪人奥德利 · 伍德分道扬镳。比尔 · 巴恩斯接手代理，后又换成米奇 · 道格拉斯。

1972 年 4 月 2 日：《小船警报》在外百老汇公演。

哈特福德大学授予威廉斯人文学博士学位。

1973 年 3 月 1 日：《双人戏》修订版《呐喊》在百老汇公演。

1974 年 9 月：短篇小说集《八个临死的女人着了魔》

出版。

威廉斯获得美国娱乐名人堂的奖项，并获得全国艺术总会的文学荣誉奖章。

1975 年：长篇小说《莫伊斯和理性世界》由西蒙—舒斯特出版社出版。威廉斯的《回忆录》由道布尔戴出版社出版。

1976 年 1 月 20 日：《这是（一项娱乐）》在旧金山公演。

4 月：威廉斯的第二部诗集《两性人，我的恋人》出版。

6 月：《红魔电池信号》在波士顿的外地预演时停演。

11 月 23 日：《夏与烟》的重写本《夜莺的怪癖》在纽约公演。

1977 年 5 月 11 日：《老广场[①]》在百老汇公演，未满两周辍演。

1978 年：《老虎尾巴》在佐治亚州亚特兰大的联盟剧院首演，次年该剧修改版又在佛罗里达州盖恩斯维尔的竞技场剧院首演。

1979 年 1 月 10 日：《伤心地[②]的一个美好星期天》在外百老汇公演。

---

① “老广场”（Vieux Carré）即新奥尔良的法国区（The French Quarter）的法语叫法。

② “伤心地”（Creve Coeur）出自法语 Crève Coeur，是圣路易市远郊一地名，位于西圣路易县。

《教堂、蛋糕和孩子》在外百老汇的让·科克托保留剧目轮演剧院首演。

吉米·卡特总统在华盛顿肯尼迪艺术中心授予威廉斯终身成就奖。

1980 年 1 月 25 日：《梅里维瑟先生会从孟斐斯回来吗？》在佛罗里达州基韦斯特的田纳西·威廉斯演艺中心举行小规模公演。

3 月 26 日：威廉斯最后一部百老汇戏剧《在避暑旅馆穿的衣服》公演，十五场演出后辍演。

1981 年 8 月 24 日：《似阴似晴》在外百老汇让·科克托保留剧目轮演剧院首演。

1982 年 5 月 8 日：第二种版本的《不打算保留的住房》在芝加哥古德曼剧院举行小规模公演。

1983 年 2 月 24 日：威廉斯被发现死在纽约市爱丽舍饭店的客房里。经尸体解剖，确定这位剧作家是因一个塑料药瓶盖噎住而窒息致死。后葬于圣路易。

1984 年 7 月：《不要摇了及其他电影剧本》出版。

1985 年 11 月：《短篇小说集》出版，由戈尔·维达尔作序。

1995 年：皇冠出版社出版莱尔·莱弗里奇撰写的重要专辑：《汤姆：不为人知的田纳西·威廉斯》上半部。

1996 年 9 月 5 日：姐姐罗丝·伊莎贝尔·威廉斯在纽约塔

里镇逝世。

9 月 5 日：威廉斯修改过的《特里格林的笔记本》在派克的辛辛那提剧院公演。

1998 年 3 月 5 日：《非关夜莺》在伦敦的皇家国立剧院首演，由特雷弗 · 纳恩导演，后移师得克萨斯州休斯敦演出，1999 年 11 月 25 日在百老汇公演。

1999 年 11 月：《春天风暴》出版。

2000 年 5 月：《通往屋顶的楼梯》出版。

11 月：《田纳西 · 威廉斯书信集 第一卷》出版。

2001 年 6 月：《谪仙记》出版。

2002 年 4 月：《诗集》出版。

2004 年 8 月：《多此一举》出版。

11 月：《田纳西 · 威廉斯书信集 第二卷》出版。

2005 年 4 月：《天堂小姐及其他独幕剧》出版。

悲剧并不发生在舞台上

——《欲望号街车》主题辨析

李尚宏

一

《欲望号街车》（*A Streetcar Named Desire*，1947，以下简称《街车》）是美国剧作家田纳西·威廉斯的扛鼎之作，也是美国最优秀的戏剧作品之一。1961 年，在接受美国著名新闻人、作家斯塔兹·特克尔采访时，威廉斯谈到了这部作品，而且和特克尔发生了以下的争论：

特克尔：布兰琪在剧终时被带走。她后来有没有找到“陌生人的体贴”？①*

威廉斯：我也不知道布兰琪剧终之后怎么样了。我只知道她被毁了。这部戏的意思是，这个女人原本很出色，但是，她被毁了。毁掉她的是——

特克尔：是暴力？

威廉斯：不。毁掉她的是社会。

特克尔：是社会？

威廉斯：是社会的错误观念。

特克尔：这就奇怪了。我说是暴力，而你说是社会！

威廉斯：咱们的思路略有不同。

特克尔：区别大概不会很大吧？

威廉斯：或许有一些相同。我认为我们生活的这个社会相当可怕。[②]

很明显，特克尔对《街车》的理解与威廉斯的本意相差悬殊。令人惊讶的是，特克尔并不是文学的门外汉，他的观点也并不孤立。相反，他基本概括了绝大多数批评家以及学者对《街车》主题的认识。作为最早研究威廉斯的学者，南茜·蒂什勒这样描述《街车》的主题："故事还是关于家庭矛盾，讲述的是过去的需求如何影响现在，文明遭遇野蛮，疾病威胁健康，男人向女人施暴。"[③]英国资深评论家哈罗德·霍布森持相似观点："故事讲述的是一个家庭背景良好的姑娘在新奥尔良被强奸，强奸把她推进了贫困、堕落、羞辱和精神失常的深渊"。[④]乔纳森·里克在世纪之交撰文这样评论《街

---

① 特克尔此处指的是布兰琪最后一句台词："Whoever you are. I have always depended on the kindness of the strangers."

* 本文中提及的书名人名等专有名词及引文节选皆由本文作者所译，与剧本正文的译法不尽相同，我们没有强行统一。——编者

② Studs Terkel，"Studs Terkel Talks with Tennessee Williams" in Albert J. Devlin ed. *Conversations with Tennessee Williams*. Jackson，University Press of Mississippi，1986，p. 81.

③ Nancy M. Tischler，"The Distorted Mirror：Tennessee Williams' Self-Portrait" in *Mississippi Quarterly*，25 (Fall 1972)，p. 398.

④ Quoted by Christopher Bigsby，*A Critical Introduction to Twentieth-century American Drama*. Vol. 2. The Press of the University of Cambridge. 1984. p. 18.

车》的主题："故事是关于两个代表着不同历史力量的人物（指布兰琪和斯坦利）为争夺优势的感情斗争，是幻想和现实之间的斗争，是旧南方和新南方之间的斗争，是文明、教养和原始欲望之间的斗争，是传统力量和反传统力量之间的斗争。"①中国的研究也普遍接受了这一观点。汪义群教授认为"该剧主要描述的是布兰琪和斯坦利之间的矛盾和冲突"②，"布兰琪的失败，可以看成整个守旧、没落的南方的失败，是贵族阶级在北方的资产者面前的失败"。③

上述学者、批评家似乎都认为，布兰琪最后被送入精神病院，其原因就是强奸（特克尔所说的暴力）——原本高贵、优雅的她，被突然推下了深渊，而罪犯当然就是斯坦利·科瓦尔斯基。然而，威廉斯对斯坦利强奸布兰琪似乎并不介意。他说："《街车》中什么都有，就是没有性虐待，这是我唯一不赞同的性行为。残忍是唯一的罪孽。斯坦利强奸布兰琪并不是性虐待，而是男性正常的一种报复手段。"④在给友人的一封信中，威廉斯也谈起《街车》中强奸的情节。他说，"《街车》的意义在于表现现代社

① www.gradesaver.com/classicnotes/titles/desire/essay3.html

② 汪义群：《当代美国戏剧》，上海外语教育出版社，1992年，第79页。

③ 同上，第81页。

④ Robert Jennings, "Playboy Interview: Tennessee Williams" in Albert J. Devlin ed. *Conversations with Tennessee Williams*, p. 244.

会里各种野蛮的势力强奸了那些温柔、敏感而优雅的人。”[①]本文将在第四部分详细讨论“现代社会里各种野蛮的势力”和“温柔、敏感而优雅的人”的具体含义。在此，我们应该可以确定：威廉斯在《街车》安排的强奸情节不能被简单地理解为斯坦利对布兰琪的暴行，而更应该被视为一个比喻；施暴者并不是斯坦利个人，受害者也并不仅仅是布兰琪。

毫无疑问，斯坦利用暴力侵犯了布兰琪。在剧中，他是一个夸张的美国工人形象：强壮，粗俗，也非常野蛮。在一室一厅的空间里，他一再用暴力维护自己的“统治地位”。尽管如此，如果把布兰琪的悲剧全部归咎于斯坦利，这恐怕是很不公正的。因为在斯坦利之前，布兰琪已经经受了多次打击，绝非看上去那么优雅、高贵、体面。她早已开始了她的堕落，来到新奥尔良时，无论是在心理、道德，还是经济方面，她都深处危机。所以，对于布兰琪到来之前的堕落，斯坦利没有责任；布兰琪最终被送进了精神病院，斯坦利充其量只是压垮马背的最后那根麦草而已。

如果夸大斯坦利的罪行，我们的注意力就会过多地集

---

① Tennessee Williams, “Letter to Joseph I. Breen”, Quoted by Gerald Wealse, in “*Tennessee Williams*”. *American Writers: A Collection of Literary Biographies*, ed. Leonard Unger, New York: Charles Scribner's Sons, 1972, p. 390.

中于舞台上发生的情节，而忽视舞台以外的一切。《街车》的舞台冲突事实上仅仅是布兰琪悲剧的最后一个“章节”，其核心内容并不展现在舞台上；而存在于它的“第四维空间”，即布兰琪的过去之中。确切地说，舞台上人物的活动并不重要，他们的重要使命是挖掘和讲述布兰琪堕落的故事。如果我们对不同人物讲述的故事进行去伪存真，合理拼接，我们得到的是比较清晰的布兰琪堕落的过程及其原因；而这恰恰是作者真正要在《街车》中讲述的故事，这个并不发生在舞台上的故事才真正承载着作者的创作思想。忽视作者这一叙事手法，正是引起对《街车》主题误解的根本原因。

威廉斯之所以没有在舞台上直接展现这一主题，是因为它涉及一个非常敏感的问题——同性恋。在当时的美国，任何表现同性恋舞台形象或者支持同性恋的内容都会受到严厉的惩罚。在这种情况下，曲折隐晦的表现是唯一可行的方法。为了逃避审查，威廉斯往往用非常隐蔽的手法，掩藏了作品的真正主题。其中较为常用的一种方法就是让同性恋人物“复活”——舞台上不准出现的同性恋人物往往已经死了，但是，通过人物的回忆和讲述，同性恋人物的内心世界和悲惨经历得到多角度、多层次地发掘，被生动地呈现在观众面前；他们的故事远比舞台人物之间的冲突更重要，且毫无疑问地占据了故事的核心。威廉斯多次在创作中使用这种手法。除《街车》以外，最典型的就是《突然间去年夏天》（*Suddenly Last Summer*，1958）。该剧的舞台冲突无疑异常激烈：富有的维那布尔夫人要通过脑外科手术把侄女凯瑟琳大脑中的一块切除，原因是后者在陪伴她的儿子、已故同性恋诗人塞巴斯蒂安·维那布尔时了解了他的生活状况，从而留下了“不应该存在的记忆”。在凯瑟琳坚持向医生讲述实情和维那布尔夫人极力封口的角力过程中，我们了解到塞巴斯蒂安不为世人所知的生活和他死亡的真正原因。在这部作品中，舞台上人物的首要任务，甚至是唯一任务，就是讲述被禁止出现的同性恋人物的故事，挖掘他的内心世界。最后呈现在观众/读者面前的是存在于第四维空间的立体人物和完整的故事，而舞台上的人物则显得单薄和扁平。

威廉斯的伪装手段使他的作品成功地逃过检查。《街车》涉及家庭暴力、强奸、性乱和同性恋，但检查机构似乎只注意到强奸，要求威廉斯增加关于斯坦利遭到报应的情节（失去妻子和好友的信任）。不仅如此，这些隐蔽手法在很大程度上拓宽了作品的内容，使作品更富有曲折感和吸引力。这种无心插柳带来的神秘感不仅没有引起反感，反而成就了威廉斯和《街车》。正如费利西亚·隆德尔所言，《街车》“给大家留下最深刻印象的，首先是关于创作这部伟大作品的作家的神秘感，其次是作品本身的神秘感。作品中的秘密和丰富内涵无论多少描述、多少分析、多少理解都不能穷尽”。①

二

如果我们拨开舞台冲突这一层迷雾，我们就会发现，《街车》通过舞台人物的对话而展现的布兰琪的堕落史在整个剧情中占有重要地位。完成这一任务的是三个主要人物，即布兰琪、斯坦利和斯黛拉。他们从不同角度、在不同层次上挖掘和讲述了布兰琪来到新奥尔良之前的故事。

斯坦利无疑是挖掘布兰琪过去的第一人。从布兰琪走进自己的领地起，他就毫不掩饰地讨厌这个大姨子。不久，他就着手撕下她的面纱，揭露她的过去。这一方面是因为他怀疑布兰琪关于失去庄园和财产的说法，另一方面是出于希望她早日离开的动机。通过朋友，斯坦利私下调查布兰琪的过去，得知她在来新奥尔良之前由于与学生的绯闻而被勒令离开她工作的中学，继而由于在旅馆乱搞男女关系而在小镇劳雷尔声名狼藉，无法安身。我们可以相信，斯坦利得到的基本事实是可信的——他向妻子保证：“消息绝对可信”，而且“彻底核对过”。②此外，这些基

① Felicia Hardison Londré, “A Streetcar Running Fifty Years” in Mathew C. Roudané ed. *Cambridge Companion to Tennessee Williams*, Shanghai Foreign Language Education Press. 2000. p. 48.

② Tennessee Williams, *Tennessee Williams: Plays* 1937 - 1955, Washington: Library of America, 2000. p. 531.

本事实也和布兰琪后来的叙述基本吻合。

基于斯坦利对布兰琪过去的发现，很多批评家和学者认为《街车》是一个南方淑女在工业社会中的堕落史。本文认为，这种看法有失偏颇。首先，斯坦利出于报复布兰琪的目的而进行的调查只是后者堕落的一部分；其次，斯坦利得到的故事根本没有涉及布兰琪堕落的原因。她在小镇的堕落和她最后的精神失常一样，都只是结果，而不是原因。如果我们推敲斯坦利的调查结果，我们发现，其起点是“在她用兰花般洁白的手指把庄园挥霍一空之后”[1]。这一时间节点非常关键。我们不禁要问：在此之前发生了什么？事实上，在斯坦利向妻子揭露布兰琪不光彩的过去时，斯黛拉马上就指出：“他（斯坦利的朋友）讲的有些东西可能是真的……但是，在她（布兰琪）年轻的时候、非常年轻的时候，一件事情打碎了她的梦想！”[2]

斯黛拉被公认为剧中最理智的角色。在斯坦利和布兰琪的斗争中，她左右为难：一边是粗俗但又深爱自己的丈夫，一边是曾经是天使而现在已经堕落的姐姐。也许正因为如此，在他们俩的角力过程中，斯黛拉很好地保持了平衡，客观公正地评判姐姐和丈夫的相互攻讦。此外，作为妻子，斯黛拉十分明白丈夫给布兰琪“抹黑”的动机；作为妹妹，她非常了解姐姐的为人和早年的经历。所以，我

---

① ibid. p. 530.

② ibid. p. 533.

们可以相信，斯黛拉最可能站在公正的立场上，讲述的故事最全面、最客观。在得知布兰琪生活糜烂后，她首先想到了当初纯洁的姐姐："你不了解年轻时候的布兰琪。在她还是个小姑娘的时候，没有人比她更温柔，更相信别人了。"①

对比斯坦利和斯黛拉讲述中的布兰琪，我们马上发现，他们讲述的俨然是两个人物：一个是堕落的荡妇，一个是纯洁的天使。显而易见，在纯洁和堕落之间，存在一个导致剧变的关键环节。而根据斯黛拉的回忆，这个环节就是布兰琪的同性恋丈夫的自杀。姐姐十六岁就爱上了一个非常英俊的少年诗人，并且和他结婚；一次偶然的机会，她发现丈夫是个变态。对于这些，斯坦利丝毫没有兴趣，他说："我们调查的都是她最近的事"。②所以，斯坦利讲述的故事是片面的；据此做出对布兰琪的判断当然也有失公允。

布兰琪本人共三次较集中地讲述自己的过去，且都是不得已而为之——因为斯坦利和他的朋友"在风筝的尾巴上系了个旧铁罐"。③第一次是因为布兰琪感觉到妹妹大概已经从斯坦利那里知道一些自己的过去。为了试探，同时为了得到妹妹的理解，她有限地向斯黛拉吐露了一些近

① ibid. p. 540.
② ibid. p. 533.
③ ibid. p. 546.

况，也为自己的堕落进行了辩解。她说在失去“美梦庄园”后的这几年里，“自己的行为不是特别好”。因为“生活拮据”，她不得不引诱男人，寻求他们的恩惠和保护；而因为这些男人都不可靠，她只好从“一个漏雨的屋顶下面逃到另外一个”[①]。第二次讲述同样是由于感觉到来自斯坦利的威胁。因为害怕斯坦利告诉米奇自己在劳雷尔的情况，布兰琪决定先入为主，主动向追求者米奇坦白自己的过去。当然，布兰琪的主要目的是博得米奇的同情。所以，她只是有选择地讲述了自己不幸的婚姻：十六岁时她就嫁给了一个具有非常气质的青年诗人艾伦，却发现丈夫是同性恋并当众揭露对方，丈夫因此不堪压力饮弹自尽。虽然布兰琪达到了目的，但在斯坦利的揭发以后，米奇还是决定放弃布兰琪。在布兰琪生日的晚上，他没有来祝贺，而是在很晚的时候来兴师问罪。当布兰琪意识到和米奇结婚的计划破灭后，她第三次坦白自己的过去。这一次，她讲述了自己在艾伦自杀后和很多男人有过“亲密接触”，包括陌生人、当兵的、中学生，并且因为淫乱在劳雷尔无法安身。此外，她还谈到了自己堕落的原因，那就是她在丈夫艾伦和亲人接连死去以后不堪死亡带来的心理压力，在性爱中寻找安慰。

布兰琪的三次讲述是递进的，其中的真伪也需要仔细

---

① ibid. p. 515.

分辨。纵观全剧，我们很容易发现布兰琪在多处撒谎。她的讲述往往是有选择、有目的的，也因而真假难辨。布兰琪也承认："我故意曲解事实。我不会说真相是什么，而只是说我认为真相应该是什么。"[①]考虑到这一特点，我们自然要怀疑她讲述的故事的可信度。布兰琪第一次对妹妹的讲述的目的性和选择性比较突出，讲述中的十几次停顿和犹豫也使其真实性显得十分可疑。第二次讲述同样夹杂在谎言中间，真伪难辨。但是，威廉斯在此处安排了一个特殊的场景，以暗示这次的讲述是可信的：在布兰琪的故事中间，一辆火车头驶过，灯光把他们所在的房间照得通明。这一情节看似随意，其实很有寓意。如果我们比较布兰琪在幽暗和光明中的行为，尤其是联系她第二次讲述时昏暗的背景，我们可以找到光明和真实之间的特定联系——在幽暗的灯光下，布兰琪讲的多是谎话；在光明中，她陈述的则是真相。相比之下，布兰琪第三次讲述的真实性完全不容置疑。因为她这次的故事与其说是对米奇的坦白，不如说是绝望中的自言自语。威廉斯在一次访谈中也说到："她（布兰琪）承认有时会掩饰真相；但当她处于绝境的时候，她也有勇气直陈真相，而且滔滔不绝。"[②]这一表述显然非常符合布兰琪最后一次讲述的情景。当时的她无疑

---

① ibid. p. 545.

② Studs Terkel, "Studs Terkel Talks with Tennessee Williams" in Albert J. Devlin ed. *Conversations with Tennessee Williams*, p. 82.

处于绝境：妹夫斯坦利给她的生日礼物是一张回劳雷尔的单程汽车票；本来打算与米奇结婚，“在世界上找个石头缝藏起来”，[①]但此时希望已经完全落空。

三

通过分析和比较剧中三个主要人物的讲述，我们可以基本廓清布兰琪的身世，并得出这样的结论：死亡导致了她的堕落。根据斯黛拉，“死亡”仅指艾伦的自杀；而根据布兰琪，除了丈夫的自杀以外，“死亡”还包括亲人的接连病故。然而，这两种死亡并不是在同一时间共同成为布兰琪堕落的最初或者最根本的原因。我们有必要甄别它们各自对布兰琪的心理影响。

“美梦庄园”在一段时间的确被死亡的恐怖笼罩着。许多批评家、学者和观众藉此认为，“美梦庄园”中频繁的死亡使布兰琪在惊恐中迷失了生活方向，从而开始了她的堕落。他们一般都进一步认为，“美梦庄园”的分崩离析是南方种植园主阶层衰落的缩影，而布兰琪在失去庄园之后的堕落象征着南方贵族文明在与北方工业文明对抗中的失败。本文认为，这种观点并不全面。因为，第一，尽管“美梦庄园”的衰落对布兰琪的心理打击不可低估，但

---

① Tennessee Williams, *Tennessee Williams*: *Plays* 1937 – 1955, p. 546.

是，它并不是布兰琪堕落的最初、最直接的原因。如果我们认真推算，我们发现，布兰琪的堕落明显早于庄园的衰落，而晚于艾伦的自杀。不仅如此，在艾伦自杀之前，布兰琪感情专一，纯洁高雅，而这一切因为同性恋丈夫的自杀突然中止。在第二次向米奇的讲述中，她详细地讲述了在丈夫去世以后，每个星期六她都和附近军营的一伙年轻士兵在庄园的草坪上纵欲的情形。第二，“美梦庄园”里的死亡和恐怖似乎更具有象征意义。“美梦庄园”这个名字本身预示着虚幻。而且，只要稍懂法语，就会发现“Belle Reve”在语法上是错误的（“reve”是阳性，其修饰语应该是“beau”，而不是“belle”）。威廉斯此处完全有可能暗示“美梦庄园”并不存在，因为它本身就“不现实”或“不正常”。所以，“美梦庄园”里频繁的死亡和持久的恐惧可能仅仅是艾伦的自杀在布兰琪心理上的投影。退一步说，即使“美梦庄园”以及围绕它的事件都客观存在，那也不是布兰琪堕落的首要原因，而是仅仅与她的堕落在时间上巧合，充其量只是加速了她的堕落。

有学者认为，布兰琪的道德观念存在严重问题，“在欲望的驱使下行动”，[①]她在灵与肉之间抗争。与此类似

① 王守仁、刘海平主编，王守仁主撰：《新编美国文学史》第四卷，上海外语教育出版社，2002年，第62页。

的另一观点认为，布兰琪在丈夫和亲人去世以后，“由于独自一人，所以沉溺于接连不断的性爱事件中，而惧怕再次走进婚姻”[①]。本文认为，这些观点都是因为没有认识到布兰琪堕落的深刻原因而对她产生的误解。威廉斯并没有把布兰琪描写成一个本性放荡的女人。丈夫和亲人的死亡对她来说并不是从婚姻和家庭的桎梏下的解放，而恰恰是噩梦的开始。在评价布兰琪时，威廉斯强调：“我不认为布兰琪·杜波娃是肮脏的。我觉得她很高贵。我不认为精神上痛苦的人是肮脏的。布兰琪只是心理受到折磨而已。”[②]

相比之下，艾伦的死亡对布兰琪的打击以及对她的堕落的作用远远大于庄园的衰落和亲人的死亡。这在布兰琪和斯黛拉的回忆中都可以得到印证。本文在此讨论剧中两个很不寻常的情节。其一是艾伦之死在布兰琪记忆中的突出地位，其二是一直萦绕在她耳边的波尔卡舞曲。

根据斯黛拉的回忆，布兰琪在婚前对艾伦的爱慕达到了崇拜的地步；可以肯定，直到布兰琪发现艾伦是同性恋之前，他们的婚姻都是幸福的。然而，在布兰琪关于前夫的回忆中，我们看到的不是眷恋和惋惜，而只是悔恨和自

---

① Christopher Bigsby, *A Critical Introduction to Twentieth-century American Drama*. Vol. 2. p. 60.

② Don Ross, "Williams in Art and Morals: An Anxious Foe of Untruth" in Albert J. Devlin ed. *Conversations with Tennessee Williams*, p. 38.

责。频繁出现在她脑海里的不是她和艾伦的爱情或者婚姻生活，而是艾伦的死，是发生在舞会中间艾伦不堪揭露而突然采取的自杀行为。这短短几分钟的每个细节让她永远挥之不去。其中最突出的正是她自己冲进舞厅大叫的三句话："我看见了！我明白了！你让我恶心！"[①]换句话说，与其说布兰琪在回忆前夫的自杀，不如说她在追究自己在这场悲剧中的罪责。这种心情在她最后一次讲述中最为明显，她自言自语道："破碎、消退——然后是懊悔——反责……'如果你当初能这样做，那我就不会失去它！'"[②]这里的最后一句话显然是艾伦在布兰琪脑海中谴责的声音。我们完全可以把这句话释义为：如果你没有暴露我的同性恋身份，我怎么会自杀呢！

《街车》中的音乐颇具神秘色彩。除了不远处酒吧传来的钢琴声以外，剧中七次出现相同的波尔卡舞曲。这段音乐绝非随意播放，而是威廉斯颇费心机的安排，因为它总是在布兰琪回忆过去或者情绪非常低落时出现。音乐并不为其他人物所闻，而仅仅出现在布兰琪的幻觉中。不仅如此，当耳边回响起这首被她称为"Varsouviana"的舞曲时，布兰琪总是异常地躁动不安，直到最后一声枪响，音乐随之戛然而止，她才能平静下来。进一步考察，我们发现，"Varsouviana"原来是艾伦自杀前舞会演奏的音乐。

---

① Tennessee Williams, *Tennessee Williams*: *Plays* 1937 - 1955, p. 528.
② ibid. p. 547.

当时，气愤的布兰琪冲进舞池，大声揭露丈夫。就在波尔卡舞曲“Varsouviana”的中间，艾伦冲出去饮弹自尽。威廉斯如此安排的目的虽然很少被人注意，但其用意却非常明了。通过音乐，他一次次向观众/读者渲染艾伦的死对于布兰琪的影响：艾伦的自杀在布兰琪的印象中被定格，像电影一样不时地在她的脑海中回放，一次次拷问她的良知，让她在自责和悔恨中痛苦万分。

正是这种痛苦的自责使布兰琪从一个纯洁、体面的富家小姐突变为一个走投无路的荡妇。在良心的谴责下，她开始了看似贪图肉体享受、其实却是自我毁灭的赎罪——曾经纯洁体面的布兰琪自然非常清楚放浪形骸的下场。在自责心理的驱使下，她糟蹋自己的身体和名誉，希望藉此获得曾经被自己认为“堕落”的丈夫的宽恕，并取得良心上的暂时安宁。在第九场布兰琪和米奇的对话中，威廉斯安排了一个耐人寻味的细节，十分巧妙地点明布兰琪自虐行为的目的：当布兰琪在绝望中回忆艾伦之死和自己的堕落时，一个神秘的墨西哥老妇在外面不停地叫卖：“Corones para los muertors”（献给死者的花）。这显然可以与布兰琪自虐的目的联系起来：虽然对于死者来说，任何祭品都无济于事；但对生者来说，它可以寄托哀思，换来心理上的安慰和平衡。当同性恋在美国解禁以后，威廉斯在1973年接受《花花公子》的采访中也非常明确地揭示了布兰琪堕落的目的。他说：“布兰琪在丈夫死后内心痛不欲生……她必须为杀死自己的丈夫赎罪……她希望通过不断的纵欲得到宽恕。”[①]尽管人们一般很少把淫乱和赎罪联系起来，但是，我们必须认识到，在现代社会中，作为一个手无缚鸡之力的脆弱女性，布兰琪自然无法完成赫拉克勒斯的十二苦差。更何况对于一个纯洁体面的女性来说，放浪形骸更容易给自己身心带来严重伤害。

在挖掘布兰琪堕落根源的过程中，威廉斯的目的并不只是讲故事，他更关心的是布兰琪**为什么**促使艾伦自杀以及艾伦**为什么**自杀。当布兰琪发现丈夫从事同性恋活动后，她并没有向任何人透露；她在舞厅大嚷的几句话可以有多种理解，并不等于公开宣布丈夫的性取向。然而艾伦的反应非常极端，甚至也超过了布兰琪的预料。其中的原因显然是传统社会观念对同性恋的歧视和禁忌。一个隐蔽的同性恋在秘密从事同性恋的过程中，时时感到自己的行为是为世人不齿的，而且一旦被发现就无地自容。这种内化的罪恶感使艾伦非常敏感——尽管妻子没有揭露他是同性恋，但他内心只有一个念头：“暴露了！全完了！”

然而，如果我们就此认为布兰琪应该对艾伦的自杀负责，则有失偏颇。事实上，布兰琪同样是无辜的，是受害者。在发现丈夫是同性恋以后，她首先认为丈夫大逆不道，感到自己被欺骗了；她没有考虑到他们之间的爱情，

---

① Robert Jennings, “Playboy Interview: Tennessee Williams” in Albert J. Devlin ed. *Conversations with Tennessee Williams*, p. 228.

也没有顾及揭露将给艾伦带来的后果，而是不假思索地选择了伤害性最大的行动：公开揭露。而这并不能说明布兰琪不爱自己的丈夫，或者本性残忍，正如前文陈述的一样，事实恰恰相反。布兰琪的过激的举动不是自己理性思考后的决定，而几乎是本能的反应，是长期内化了的社会对同性恋的恐惧和禁忌的结果。一时冲动的布兰琪事后不能理解自己当时的鲁莽，而是一直在反悔，一直在谴责自己。

所以，布兰琪堕落的根本原因是她因为造成同性恋前夫的自杀而产生的强烈自责心理；而导致艾伦之死的原因则是美国社会中长期以来对同性恋的排斥与打压。正如鲁迅先生在《狂人日记》中控诉社会吃人、传统吃人一样，威廉斯在《街车》揭示了社会偏见对同性恋的不理解、不宽容产生的社会悲剧。只有认识到这一点，才能正确理解本文开头引文中威廉斯与特克尔的争论，也才能洞察《街车》的深刻内涵，理解其真正主题思想。

四

现在，我们再回过头来分析威廉斯关于《街车》主题的表述（“《街车》意义在于表现现代社会里各种野蛮的势力强奸了那些温柔、敏感而优雅的人”）。本文认为，在威廉斯的语境中，“现代社会里各种野蛮的势力”和“温柔、敏感而优雅的人”是有特殊含义的；前者主要是指对同性恋缺乏同情心和包容性的美国主流社会，后者则是指被主流社会排挤、打压的同性恋。如果我们比较威廉斯作品中的同性恋人物，我们会惊奇地发现，他们都和《街车》中的艾伦具有很强的相似性，都明显符合“温柔、敏感而优雅”的描述，而且，他们的命运都由于“现代社会里各种野蛮的势力”的排挤而以悲剧告终。

布兰琪是公认的“温柔、敏感而优雅”的人物。然而，这个人物并不是看上去那么简单。作为一个堕落女性，她引导观众/读者追溯她的堕落史，并最终认识到堕落的原因。这并不是她在《街车》中的唯一使命。她事实上是当时被严格禁止的同性恋舞台形象。这恐怕也是《街车》中埋藏最深的秘密。当然，“魔术”并非没有破绽。相反，威廉斯在多处暗示布兰琪的真实身份。布兰琪在第一幕出场时，威廉斯说她像一只“蛾子”。这个耐人寻味的比喻似乎提醒观众/读者注意她在“蜕变”之前截然不同的形象。此外，布兰琪身上存在的大量与男同性恋的相似性以及剧中多处颇有寓意的台词都说明，堕落女性外表下的布兰琪，其实是一个男性同性恋。

首先，布兰琪和同性恋一样，都被“正常”的社会认为是堕落的、是大逆不道的，都过着四处漂泊的生活，唯恐被人揭露，一旦暴露就走投无路的结局。布兰琪在劳雷尔因淫乱失去工作、继而被镇长驱逐出境，这听上去虽然过分，却是当时的同性恋经常的境遇。因为害怕暴露，布兰琪像艾伦以及当时所有的同性恋一样，都尽量生活在“黑暗”中。正因为如此，剧中的布兰琪才惧怕光明。她第一次出场时，威廉斯就交待：“她纤弱的美丽经不起强光的照射。”①布兰琪自己也说：“我喜欢黑暗，黑暗让我觉得自在。”②正是出于对暴露的恐惧，在与斯坦利第一次见面之后，布兰琪就感到被对方揭露的危险。在谈到前夫艾伦时，她说：“我伤害了他，你可能以同样的方式伤害我。”③这句寓意深刻的台词可以被看作布兰琪对自己下场的预见，但更应该被理解为威廉斯在布兰琪和男性同性恋的悲惨境遇之间铺设的联系。

其次，布兰琪像男性同性恋一样青睐少男。她和艾伦在结婚时非常年轻，布兰琪甚至经常称他为“男孩”。在劳雷尔教书的时候，正是她和一个十七岁男生之间的绯闻葬送了她的工作。此外，在第五幕结束前，布兰琪对上门收报纸费的少男产生了兴趣，不仅用言语挑逗他，让他给自己点烟，而且还吻了他的嘴唇。学术界对她这种癖好往往有两种解释：1. 她利用少男的天真和纯洁清洗自己的污点。2. 她借此回忆与艾伦一起度过的时光。而当罗克

---

① Tennessee Williams, *Tennessee Williams: Plays* 1937 - 1955, p. 471.
② ibid. p. 544.
③ ibid. p. 490.

珊娜·斯图亚特向威廉斯提起这两种观点的时候，后者明确予以否认："不是这样的。在她的内心，她已经成为艾伦。她在表演自己想象中的艾伦如何接近少男。"[①]这充分表明，此时的布兰琪已经不再是我们看到的少妇，而是已经"复活"的同性恋艾伦。只要对男性同性恋稍有了解，我们就会发现，对少男的青睐几乎是他们所有人的共同特点。1947年，当《街车》在美国演出以后，为逃避媒体的注意，威廉斯来到罗马并"马上爱上了来自佛罗伦萨的金发少年弗朗克，不久以后又包养了一个流浪街头的男孩拉法罗"。[②]

再次，布兰琪在剧中的一些台词让她和男性同性恋之间的相似性清晰可见。除了上文提到的关于黑暗的台词以外，她和米奇对话中的一句台词几乎让她暴露了女性外衣下面的真实身份。当斯坦利告诉米奇布兰琪放荡的过去以后，米奇责备布兰琪说："I was a fool enough to believe you was straight." 布兰琪反问道："Who told you I wasn't — 'straight'？"[③] "straight"一词此处有两个意思：1. 贞节的，2. 非同性恋的。威廉斯利用一词多义巧妙地表明布兰琪的双重身份。这并不是笔者望文生义。在《回忆录》

① Roxana Stuart, "The Southernmost Desire," in *Tennessee Williams Newsletter* I, 2 (Fall, 1979), p. 6.

② Dotson Rader, *Tennessee Williams*: *Cry of the Heart*, New York: Doubleday and Company, Inc., 1985. p. 209.

③ Tennessee Williams, *Tennessee Williams*: *Plays* 1937 - 1955, p. 545.

（*Memoirs*，1975）中，威廉斯讲述了这句台词的来历：他在追求一个少男时，对方就抗议说自己是“straight”。①

此外，布兰琪在《街车》中首次亮相时的白色套装以及她一直钟爱的洁白衣服都具有强烈的标示意义。学术界一般都认为，布兰琪非常显眼且与环境不协调的白色服装是她“掩盖自己肮脏历史的伪装”②。这种观点显然有悖于威廉斯对布兰琪的同情。本文认为，通过突出布兰琪对洁白外衣的偏好，威廉斯把她和自己其他作品中众多男性同性恋人物联系起来。因为洁白、刺眼的白色外衣往往是威廉斯作品中男性同性恋的“制服”。《骑士夜行》（*The Knightly Quest*，1966）中的圭纳·珀斯每次“夜行”时所穿的洁白外衣，《诗人》（*The Poet*，1948）中的“诗人”死后遗留在海滩上不朽的白色上装，都非常明显地揭示了“制服”的作用与意义。事实上，对于生活中的同性恋，纯白衣服是一种明显的标记；对于积极表现同性恋题材的威廉斯，它也是给知情观众的准确无误的信号。

综上所述，威廉斯在上世纪四十年代美国反对同性恋浪潮高涨的背景下，用非常隐蔽曲折的手法表现了当时被严格禁止的同性恋题材。他用拼图游戏一样的手法，把布

---

① Tennessee Williams, *Memoirs*, Garden City, New York: Doubleday, 1975, pp. 53 - 54.

② Greta Heintzelman and Alyica Smith-Howard, *Critical Companion to Tennessee Williams*, New York: Facts On File, Inc., 2005, p. 273.

兰琪的过去分割。通过舞台人物的追溯，完整地讲述了布兰琪的堕落过程并揭示了其深刻原因。不仅如此，威廉斯还赋予一个堕落女性形象男性同性恋的实质。遗憾的是，由于主题过于隐蔽，长期以来，绝大多数观众/读者，甚至是学者和批评家都和当年的检查机关一样，被威廉斯的“障眼法”所蒙蔽。

图书在版编目(CIP)数据

欲望号街车 /(美)威廉斯(Williams, T.)著;冯涛译. —上海:上海译文出版社,2015.5(2025.6 重印)
(译文经典)
书名原文:A Streetcar Named Desire
ISBN 978-7-5327-6978-0

Ⅰ.①欲… Ⅱ.①威…②冯… Ⅲ.①电影文学剧本-美国-现代 Ⅳ.①I712.35

中国版本图书馆 CIP 数据核字(2015)第 085174 号

欲望号街车
〔美〕田纳西·威廉斯 著 冯涛 译
责任编辑/宋 玲 装帧设计/张志全工作室

上海译文出版社有限公司出版、发行
网址:www.yiwen.com.cn
201101 上海市闵行区号景路159弄B座
浙江中恒世纪印务有限公司印刷

开本 787×1092 1/32 印张 8.5 插页5 字数 82,000
2015 年5 月第1 版 2025 年 6 月第10次印刷
印数:23,001—25,000 册

ISBN 978-7-5327-6978-0
定价:48.00 元